『パロの苦悶』

ナリスの周辺はすべて生命あるどろどろした闇につつまれ、奇怪でぞっとするような悪夢にとらわれたような感覚があった。（211ページ参照）

ハヤカワ文庫JA

〈JA638〉

グイン・サーガ⑫

パロの苦悶

栗本　薫

早川書房

4565

PARROS IN PAIN

by

Kaoru Kurimoto

2000

カバー／口絵／挿絵

末弥　純

目次

パロが苦しんでいるわ。美しいパロの国、私のふるさとが身を灼かれ、心をえぐられて悲しんでいる。あの声があなたにはきこえないのですか？　あの叫びはあなたにはとどかないのですか？　私はパロの娘、そう、私のなかにはこの国の血が流れている。この国が慟哭するとき、私もまた苦しむの。この国が啾くとき、私も泣くの。

——リンダ「パロの娘」の歌

〔クリスタル市／中心部〕

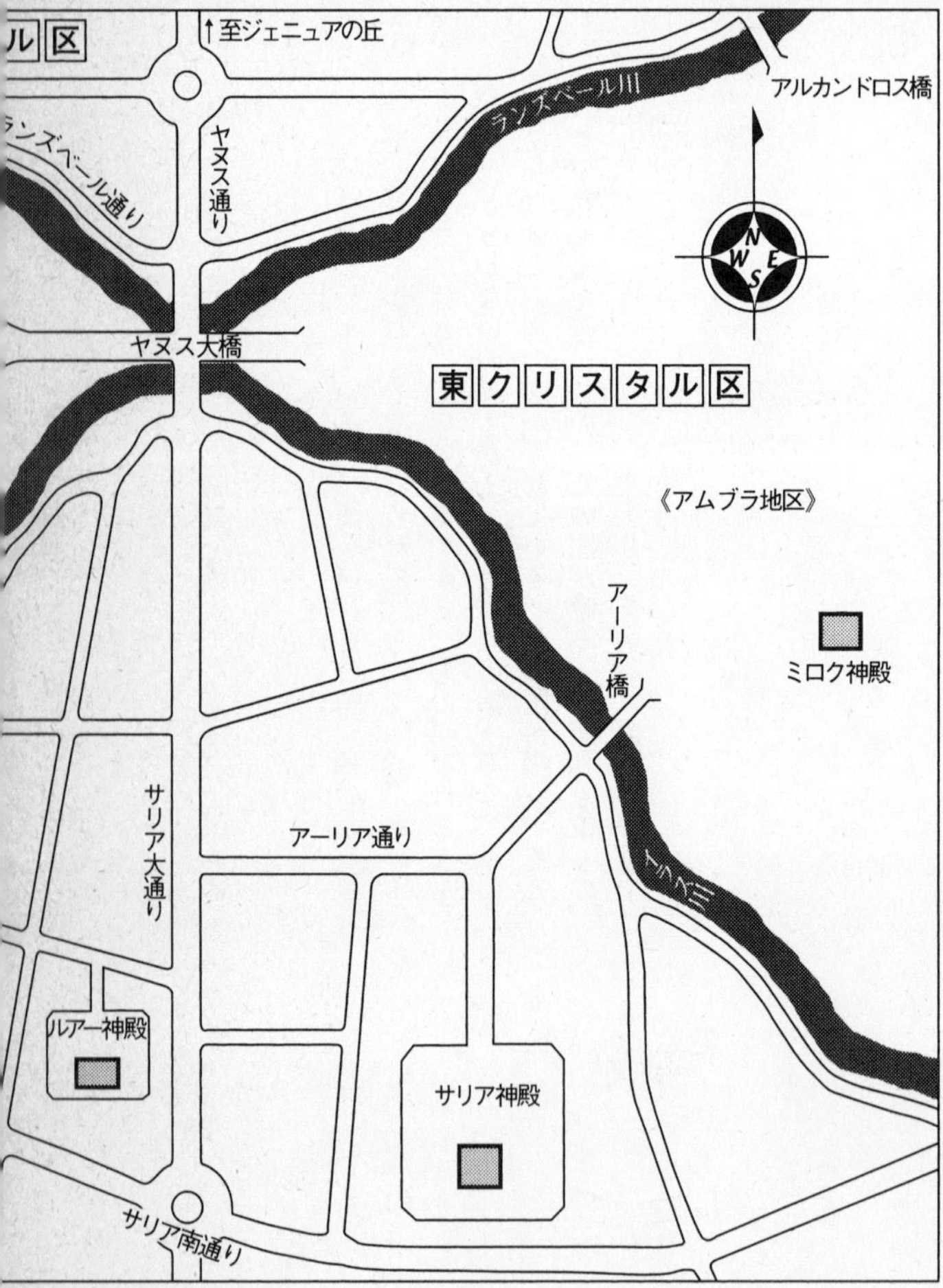
ル区
↑至ジェニュアの丘
アルカンドロス橋
ランズベール川
ランズベール通り
ヤヌス通り
N
W
E
S
ヤヌス大橋
東クリスタル区
《アムブラ地区》
アーリア橋
ミロク神殿
サリア大通り
アーリア通り
ルアー神殿
サリア神殿
サリア南通り

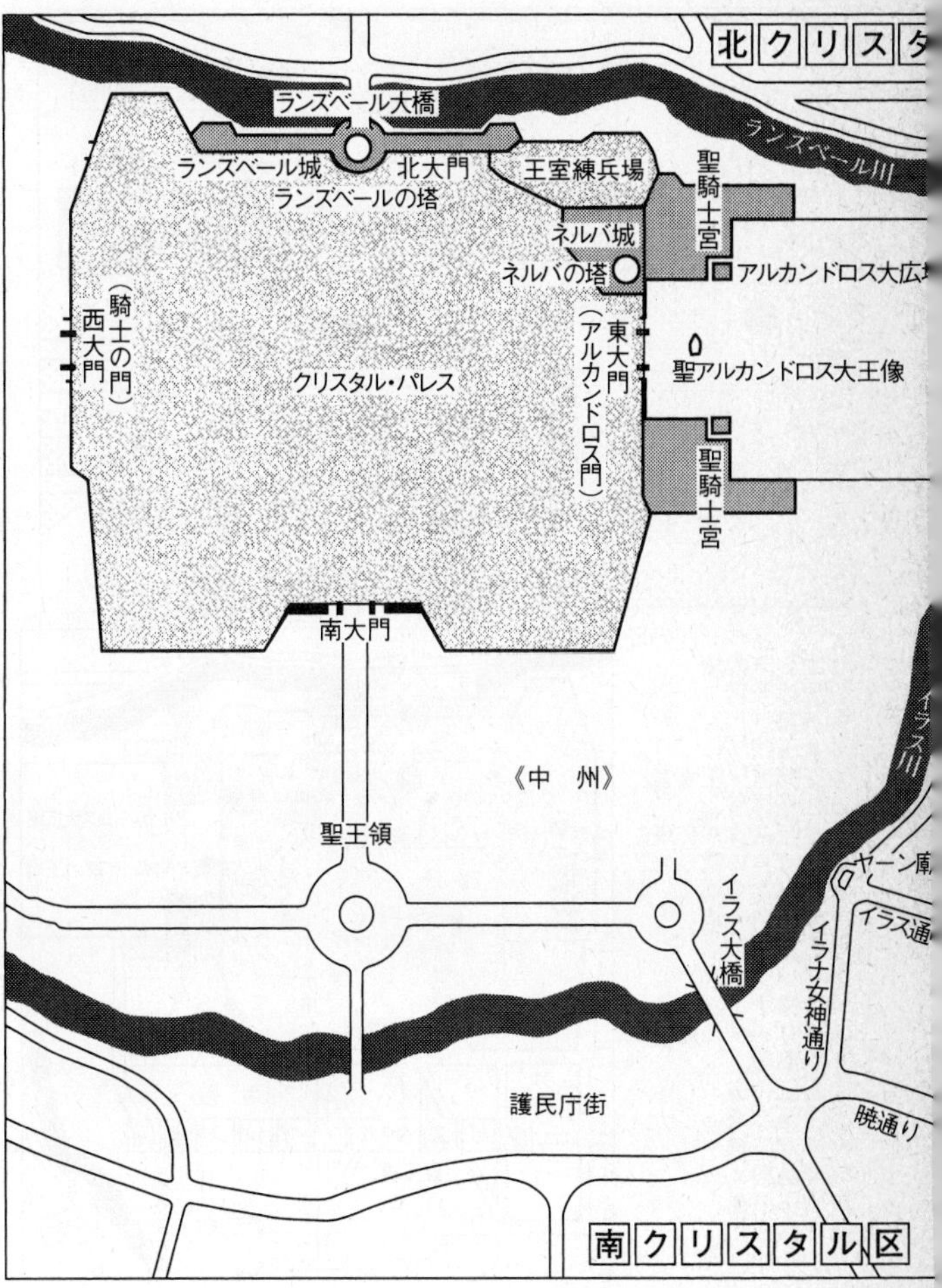
北クリスタ
ランズベール大橋
ランズベール川
ランズベール城
北大門
王室練兵場
ランズベールの塔
聖騎士宮
ネルバ城
ネルバの塔
アルカンドロス大広
西大門
（騎士の門）
東大門
（アルカンドロス門）
聖アルカンドロス大王像
クリスタル・パレス
聖騎士宮
南大門
《中　州》
聖王領
イラス川
ヤーン
イラス通
イラス大橋
イラナ女神通り
護民庁街
暁通り
南クリスタル区

〔クリスタル・パレス〕

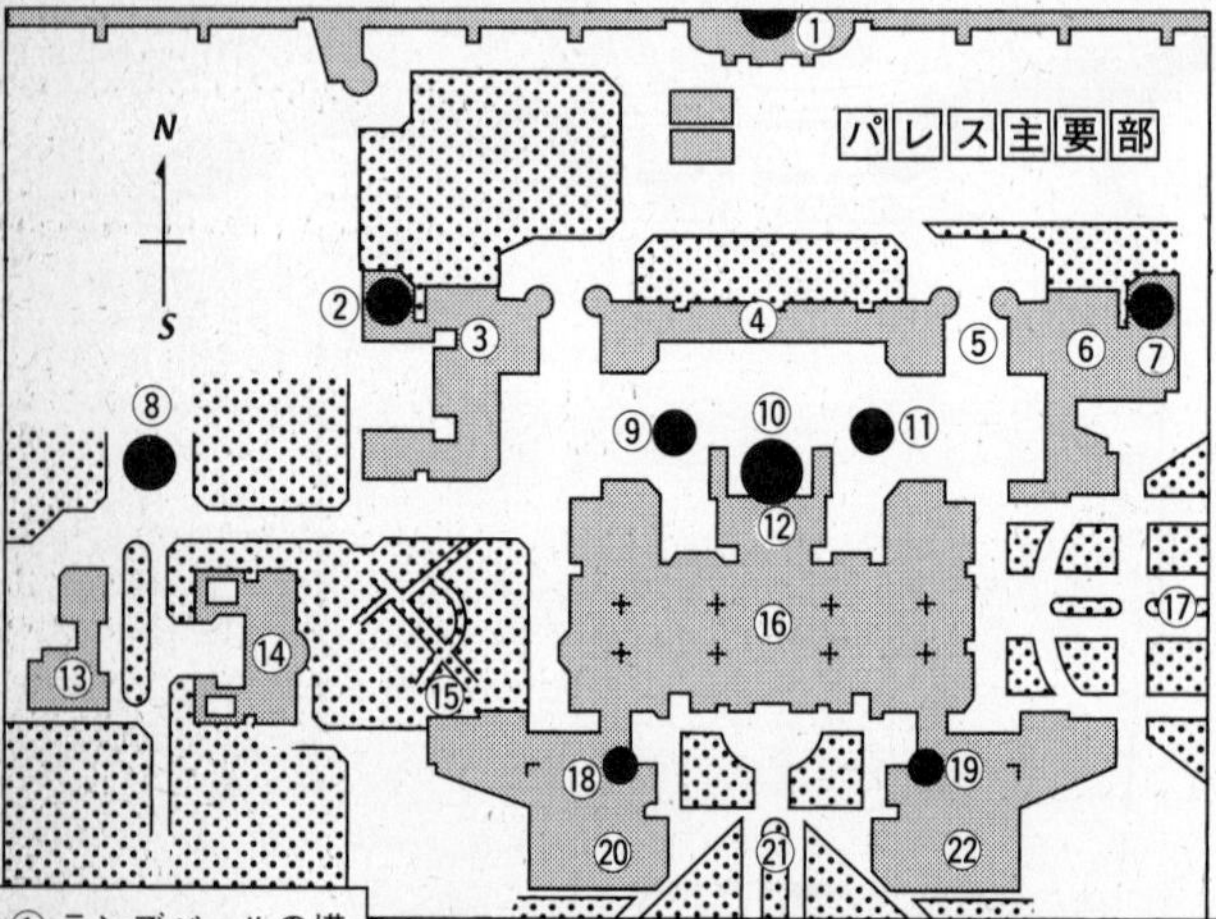

① ランズベールの塔
② ヤーンの塔
③ 王太子宮
④ 後宮
⑤ 女王門
⑥ 王妃宮・王女宮
⑦ 白亜の塔
⑧ クリスタルの塔
⑨ ルアーの塔
⑩ ヤヌスの搭
⑪ サリアの塔
⑫ 聖王宮
⑬ ベック公邸
⑭ カリナエ宮
⑮ クリスタル庭園
⑯ 水晶殿
⑰ 聖王の道
⑱ 水晶の塔
⑲ 真珠の塔
⑳ 緑晶殿
㉑ 女王の道
㉒ 紅晶殿

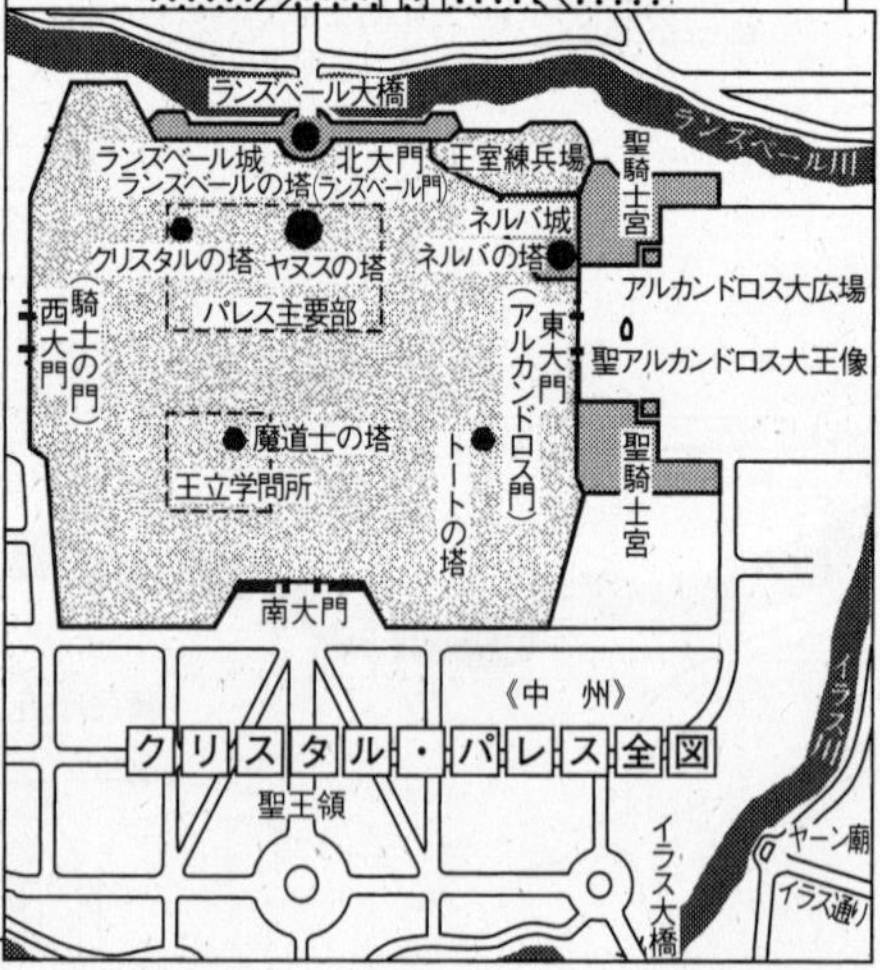

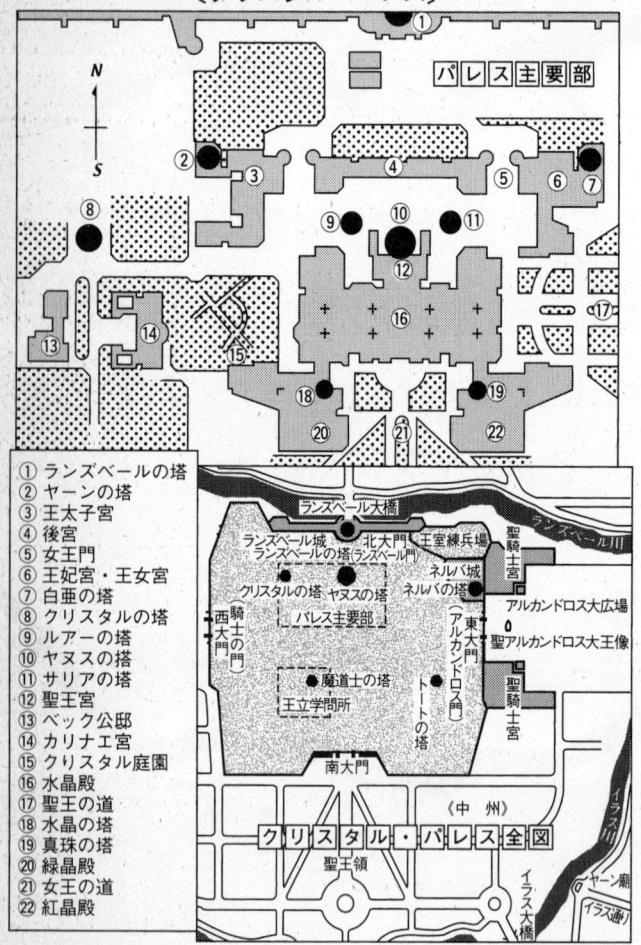

パロの苦悶

登場人物

アルド・ナリス……………………パロのクリスタル大公
ヴァレリウス……………………パロの宰相。上級魔道師
リギア……………………………パロの聖騎士伯。聖騎士侯ルナンの娘
ルナン……………………………聖騎士侯
リュイス…………………………ランズベール侯爵
リーズ……………………………聖騎士伯
カイ………………………………ナリスの小姓頭
ヨナ………………………………王立学問所の教授
ラン………………………………アムブラの学生。ヨナの盟友
レムス……………………………パロ国王
ヤンダル・ゾッグ………………キタイの竜王

第一話　反乱勃発

1

「ナリスさま」

緊迫したおももちで入ってきたのはランズベール侯であった。いくぶんその顔が蒼ざめている。

「もう、お目ざめでございましたか？」

「むろん。もう、私に対してそんな遠慮は何ひとついらないよ。いまは戦時中だ」

ナリスは一応まだベッドには入っていた。だが、背中にクッションをかって、ちょっと上体をおこしたまま、小姓に目のまえにパロの地図をひろげさせてじっと考えにふけっていたようすにみえる。ベッドのかたわらにカイがひっそりとうずくまっていた。

「何か連絡が？」

「ありません。何もありません。依然として、ヴァレリウス宰相の消息も、リンダさまも……アドリアン子爵も」

「ヴァレリウス……」

ナリスのおもてがかげった。その白い顔に、ひそやかな内面のおしころした不安と苦悶がちらりと浮かんだ。

「遅すぎる」

その唇から沈痛な声がもれる。

「一夜、連絡ひとつ入らぬままこの時間というのは、やはり、もう、最悪の事態を想定するしかない。……ヴァレリウスは、国王側にとらわれた、ということだ」

「ナリスさま！」

ランズベール侯はおもてをひきつらせた。

「しかし、宰相は、あれだけ有力な魔道師で……確か、パロ魔道師ギルドでも有数の力をもつときいておりましたが……」

「その、ヴァレリウスがとらわれるということがあるとしたら、それ自体が、相手方にヴァレリウス以上の力のある魔道の使い手がいるということだよ。リュイス」

ナリスは沈痛にいった。

「甘く見ていたわけではない。甘くなど見ていはしなかった。それどころか、どれほど絶望的な戦いをわれわれがいどんでいるのかは、最初からわれわれほどわかっている者はいなかったといっていいはずだ。だが……これほど早く、ヴァレリウスを奪いとられるとは……だから、宮廷に戻ってはいけないと、あれほどとめたのに……」

さいごのことばは、リュイスにもきかせたくないようにナリスの口のなかで消えた。ナリスはかぼそい力ない手を弱々しく握りしめた。

「ナリスさま……どうなさいますので……」

「どうもこうもないよ。ヴァレリウスのことは……魔道のたたかいとなったら、我々魔道師でないものたちにはもうどうしようもない。それにね、リュイス。いつもヴァレリウスがいっていたことだが——魔道師には魔道師の戦いかたがある、とね。もう、ヴァレリウスを信じて……ヴァレリウスが勝利して無事に戻ってきてくれることを信じて、彼のことは彼自身にまかせるほかはない。私の手元にいまいる魔道師たちは、ギールにせよアルノーにせよ、すでにそれぞれの任務について諸国へ使者にたってしまっているし、よしんばそうでなくとも、ヴァレリウスは上級魔道師、ほかのものたちはいってせいぜい一級魔道師だ。ヴァレリウスとは大きく力量の違うものばかりのはず……ヴァレリウスがかなわぬ相手がいるとしたら、ギールやアルノーでどうにも太刀打ちできるはずはない」

「魔道師ギルドに、応援を求められましては」

「それも考えてある。だけれど、もうちょっとだけ様子をみよう。もし万一にも、そうではない、何か別の事情だとしたら、上級魔道師ともあろうものが魔道でおくれをとってギルドに救援を求めたとあると、ヴァレリウスの恥になるかもしれない。この見極めが難しい」

「さようでございますね……」

ランズベール侯はくちびるをかんだ。

「いずれにせよ、私のところにも多少の魔道師はかかえておりますが、そんな大したものはおりません。それでもあとで、一応連絡をとらせるなり、占わせるなりしてみます。……お気がもめましょう、ナリスさま」

「………」

ナリスはうっすらとほほえんだ。だがその目もとには、微笑の影さえもなかった。

「私には私でしなくてはならぬことがたくさんあるよ、リュイス」

いくぶん、苦しげにナリスは云った。

「ヴァレリウスぬきで戦わなくてはならなくなる、という状況について、こんなに早く対応しなくてはならなくなるとは思っていなかった。だが、予想していなかったことじゃない。なんとかしなくてはならないね。場合によっては……逆に、ヴァレリウス救出のための戦いが最初になるかもしれない」

「聖王宮に魔道師がとらわれたとなると、かなり……これはわれわれ一般人の知っているいくさとはようすが違ってきますが」

「だがね」

ナリスはカイに合図して、カラム水をとらせた。のどを湿して続ける。

「逆に、聖王宮が魔道師ギルドの一員をとらえたとなるとね。これはギルドとしては、非常に重大なギルドの独立侵害にあたる行為として、諸国魔道師ギルド全部に檄をとばして協力を要請してしかるべき出来事になるよ。――ふむ、そうだな、まさにそうだ……」

何か思いついたらしい。ナリスのおもてがいくぶん明るくなった。

「ナリスさま……」

「大丈夫だよ。このことは私にまかせておきなさい、リュイス。それより、私の手もちの魔道師たちはもう、みなそれぞれに遠国へ使者に出してしまった。そなたのもとに、二級でも三級でもいいから魔道師がいたら、十人ばかり貸してくれないか」

「心得ました。すぐにでも」

「きょうの夜も無事に私がこの室のベッドで迎えられるとしたらね、リュイス、私たちの勝ちだよ」

ふいに、ナリスは謎めいた微笑をうかべた。ランズベール侯はハッとしたようにそのナリスを見つめた。が、そのまま、頭をさげて出ていった。

「ナリスさま。お起きになれますか？」

カイが心配そうに声をかける。ナリスはちょっと辛そうにベッドにからだを倒した。

「私としては、朝起きるのがひどく早い上に……きのうの夜はさすがに、ヴァレリウスのことが気になるのと、もろもろ考えてほとんど眠れなかったのでね」

ナリスはいいわけするようにいった。

「だが大丈夫だ。なるべく黒蓮の粉には頼らないように気をつけるよ。ことのほか、ヴァレリウスが、あれにはうるさいから。……自分は平気で魔道のために使うくせにね。まったく口やかましいやつだ」

「お食事は、おあがりになれましょうか？」

「胸は一杯だ。だが何も食べないわけにはゆかない。何か、かるやきパンでもスープにひたして持ってきてくれ。それでいい」

「かしこまりました。ただいますぐ」

「おかしなものだね。……というか、不便なものだね。人間などというのは……どんなときにでも、状況とかかわりなく、空腹になったり眠らなくてはもたなかったりする。――妻も、ヴァレリウスも敵の手におち、いわばもしかしたらこのからだの私がたったひとりで強大な敵と戦わなくてはならなくなったかもしれぬというのに、それでも朝食はとらねばならない。……おかしなことだ。待って、カイ、誰かきたようだよ」

「えッ、本当でございますか。私には何もきこえませんが」

カイはぎくりとして、ドアをあけにいった。まさか、というようすだったが、ドアにゆきつくまえに、廊下をころがるようにかけこんできた伝令がとびこんできた。

「ナリスさま！　急報でございます！」

「どうした」

ナリスのかすれた声が、その声で可能なかぎりびんと張った。

「何があった。カリナエに、国王の手がまわったか」

「な、なんでそれをご存じで……」

伝令のほうが、いっそつんのめりそうになって、驚愕の目でナリスを見上げた。ナリスは苦笑した。

「どうせいずれそうなることはわかっていた。いまの事態急変となればそれだけだろう。カリナエはどうした。炎上したか」

「炎上は……炎上はいたしておりませぬ」

伝令は、かくもあろうかとナリスがあらかじめ、カリナエの周辺にしのばせておいた下級魔道師であった。

「ただいまより二ザンばかり前、早朝に近衛隊長ローラン子爵が一個中隊をひきいてカリナエに来襲し、ナリスさまにお目にかかりたい、と申し出ました。デビ・アニミアと家令のガウスがつっぱねたところ、いったんおとなしくひきさがったので、ガウスと執事のダンカンで、これはと思い、かねてのご命令どおり女たちを落とし、騎士たちをこちらに送り込もうと準備をしている真っ最中、それから一ザンもせぬうちに、こんどはマルティニアス聖騎士侯がひきいる一隊が、今回はまったくの力づくで、国王への反逆容疑でクリスタル大公を逮捕する、との訴状を持って押し入りました。ガウス、ダンカン、デビ・アニミアは縄をかけられ、抵抗した小姓二名がその場で無慈悲に殺害されました。そして、騎士たちはナリスさまがおいでにならないのを知るとカリナエじゅうを調べると称して荒し回ったので、ついにたまりかねたダンカンが抵抗し……これも殺されました」

「……」

ナリスは何も云わなかった。ただ、黙って報告に耳をかたむけていた。カイは叫びだしそうになるのを必死にこらえた。

「その後、マルティニアス聖騎士侯は、ガウス家令とデビ・アニミア、それにスニ、それにおもだった隊長たちをすべて武装解除して聖王宮へと連行しました。かれらがどこに監禁されたかは調べがついておりません。そののち、聖騎士侯の命令をうけて、近衛騎士団の一隊がさらにカリナエじゅうをくまなく調べまわり、そしてナリスさまのお机を調査のため運びだしたあと、カリナエのすべての門をとざし、カリナエにいあわせたすべてのものを奥のひと棟に監禁し、見張りをつけて、カリナエを完全に隔離しました。いま、カリナエにはもう、誰も近づけず、なかにとじこめられているものたちと連絡をとることもできません。王室づきの魔道士も派遣され、魔道で連絡がとれぬよう見張っています」

「わかった。御苦労」

ナリスはゆっくりといった。そして、一瞬だけ、目をとじた――が、その目が見開かれたとき、その黒い闇の瞳は底知れぬ無表情に凍っていた。

「カイ。ただちにリュイスどのと、そして、いまランズベール城にいるおもだった隊長たちをすべてここにと」

「かしこまりました」

カイはあえぐようにいった。そしてやにわにかけだしていったが、思わず、ドアを出たところで、煮えたぎる涙をぬぐうために立ち止まらずにはいられなかった。カイにとっては、カリナエは唯一のふるさと――ダンカンやガウスやデビ・アニミアこそは、たったひとつの、

かけがえのない家族、いや、老いた両親にもひとしい存在だったのだ。

ナリスはだが、無表情のままであった。その白いひいでたひたいの奥で猛烈な勢いで機械が回転していることを思わせるかのように、ゆっくりとかれは目をとじ、そしてまた開いた。目をひらくと、すぐに、手をのばさなくてもすぐに鳴らせるよう手のところにおいてある呼び鈴を鳴らした。小姓のメルがすぐに入ってきた。

「お呼びでございますか」

「ああ。たぶん騎士のためのどこかの詰所だと思うが、ギールのおいていった魔道師のタウロというものがいるから、これをすぐにここにくるように呼び寄せてくれ」

「かしこまりました。魔道師のタウロどのを。ただいますぐ」

ただちに小姓が飛出してゆく。それと入れ替わりに、最前出ていったばかりのランズベール侯が急いで入ってきた。

「伺いました」

さきほどよりもさらに厳しい顔になっている。すでに、いつでも指揮のために飛出せるよう、手には采配と軍刀が握られていた。

「カリナエを泥足で踏みにじるとは。なんという暴虐……ダンカン老が殺されたそうですな。可愛想に、カイが涙をこらえておりました」

「万一国王の手の者がカリナエに乱入したときには、決してさからうな、手向かいせずにあけわたせ、とあれほど言い渡してあったのに」

ナリスはつぶやくようにいった。

「老いの一徹は時として破滅を招く。……だがこれまた、予想よりも相当早かった。私はせめて、あと一両日はもちこたえるだろうとふんでいたのだがね。どうやら、リュイス、いよいよこれは、カリナエなり、私の周辺なりに、間諜がいて、私の動向を見張っていて、ちくいち国王に報告している、と考えなくてはなるまいね」

「そんな……」

「昨夜じゅうにすべての手筈はつけてはあるが、その返りを待っていてはたぶんもうおさまらぬ。よし、リュイス、方針を変更しよう。ただちに、手をうつ」

「は！」

ランズベール侯の目が燃え上がった。そこへ聖騎士伯リーズと、そしてルナン聖騎士侯が入ってきた。ルナンとリーズはずっとランズベール城をねじろに動くことに決めていたのだ。

「うかがいました。カリナエに王の手がまわったと」

「ああ、ルナン。これでもう、きのういっていたように、あなたやリーズに悠長に聖騎士侯たちを口説きおとしてもらっているひまはなくなった。だが、あなたたちにここにとどまっていただいてよかったよ。きょうのひるだったらもう、お二人ともそれぞれに出かけてしまわれるところだった。——きかれたとおり、マルティニアスが兵をひきいてカリナエを強襲し、『国王への反逆の容疑により、クリスタル大公を逮捕』する、との命令書を見せたそうだ。ということは、われわれの動静は敵につつぬけになっている。もう、何ひとつ隠すことはない。予定は変更して、ただちに私はクリスタル全市に号令を発し、『国王レムス一世はキタイの傀儡である』との告発を宣言する。その告発の文面は実はこんな展開もありうるだろうとあらかじめ用意してある。……すでにもう、百部以上、同文のものを作らせてあるから、いま、私の秘書官たちにそれをさらに増刷させるから、いまある分だけをただちに、諸君の麾下の騎士たちそれぞれ一個小隊にもたせて、分担してクリスタル全市にまきに散らせてくれ」

「おおッ」

リュイスが飛上がった。

「いよいよでございますね！」

「本当は、もうちょっとこちらにつく人数が集まったところでそうしたかったが、やむを得ぬ。さらに、それに続けて——昨夜実は、カイに筆記させて、これはまだ十部ほどしかできていないが、『クリスタル大公妃リンダ殿下は国王の暴虐により拉致・幽閉された。クリスタル大公妃を奪還せよ！』という文書も作らせてある。これもただちに筆写させ、アムブラから東クリスタル中心に撒かせる。いま、分担をいうが、ルナン騎士団はちょっと危険だが、聖騎士宮周辺にそれをばらまいてほしい。これから私のいうとおりにどのくらい迅速に動けるかにすべてがかかってくる。いいね」

「は！」

「リーズの麾下の騎士たちはアムブラへ。そして待機しているカレニア衛兵隊にはただちに全員ランズベール城へ入ってもらってくれ。ただし籠城するつもりはない。ランズベール大橋のあちら側とこちら側に半数づつ、カレニア衛兵隊を守りにたて、大橋を占拠されてランズベール城が孤立することのないよう、市街へのルートを確保して」

「かしこまりました。これはカレニア衛兵隊が責任をもつよう、リュードに伝えます」

「カリナエが襲われたということは、ほどもなくランズベールへも国王の使いがこよう。もうたぶんここに私がいることも知れているかもしれないが、何らかのかたちで、それを確認すべく、さぐりを入れる役目をもった者がくるだろう。そのときには……」

「そのときには？」

「その使者が誰かにもよるが、そやつはとらえ、ランズベール城にとどめおく」

「は！」

「カイがその国王告発の文書を用意している。リーズ、リュイス、ルナン、ただちにそれを持っておのれの部下の騎士たちを、リーズはアムブラへ、リュイスはクリスタル・パレス内へ、そしてルナンは聖騎士宮へ配布してくれ。同時に、関心を持ってくれたものにはただちに――こう伝えてくれ。『武装して、ランズベール城を守るべく集まれ！』と！」

「おおッ」

かれらは飛上がった。

「いよいよ、始まるのですな！」

「こういうかたちではじめるつもりではなかったがね。やむを得ない」

ナリスは云った。ナリスのほうは、いよいよ内戦がはじまるのだ——という諸侯たちのたかぶりとうらはらに冷静そのものだった。

「私はこれから魔道師ギルドとの折衝に入る。リュイスはマール老公にできれば直接会って、マール公騎士団をランズベール城と聖王宮とのあいだの守りにさいてもらえないかと頼んでもらえませんか」

「もちろん」

「ルナン、ルナンは聖騎士宮を全面的にまかせたよ。一人でも多くの聖騎士をランズベール側へ。ただし絶対に、自分の身に危険の及ばぬよう、何かあったらすぐにランズベール城へ戻ってきてほしい。そうでないと、私にかわって先頭にたってくれるものがいなくなってしまうからね。できれば私のそばをはなれないでいてほしいところだが、いまだけはしかたがない。我々には決定的に手がたりないんだ」

「カルロスをかたらって、アムブラと東クリスタル区すべてを掌握してまいります！」

リーズは張切って叫ぶと、ただちに飛出していった。ルナンも頭をさげて出てゆく。リュイスは一瞬心配そうにナリスを見た。

「ナリスさまのおそばが手薄になりすぎませんか。この城はむろん守るには堅固なところですが、魔道師に入り込まれたら」

「そのときはそのときだよ、リュイス。いまはまず緒戦の動きの早さが、人数に大きく劣る我々の有利の度合いを決める。ちょっとでも攪乱しておければ——それとね、リュイス、私がとにかく一刻も早く確実にしてしまいたいのは、いまや、ことのしだいをすべて、パロ国民のすべてに公表することだよ。そうなれば……確実に、パロ国民の多くは少なくとも疑惑を持ってくれる。私の身をもっとも安全にしてくれるのは、パロ国民全体が国王に疑惑を持ってくれること、だけなんだよ」

ナリスは、うなづいて、リュイスが出てゆくのを見送った。思わず、その口から低いつぶやきがもれた。

「そうなんだよ、リュイス……何も知らず、私にすべてを捧げてくれるあなたたちの前では決して口にはできないが……こんな困難な、こんな苦しいかたちでたたかいをはじめることになるとは、いかな私でも思っていなかった。……私のかわりに先頭にたってたたかってくれるといきごんでいたリンダもなく、私にとっては誰よりもそばで私を支え、万一のときにはともにゾルーガの指輪の毒をあおる決意までもかためてくれたヴァレリウスをも奪われ……私はたった一人だ。こんなからだの私がただひとりでこのいくさを切り抜けて行かなくてはならない……しかも敵はヴァレリウスほどの魔道師をさえやすやすととらえ、私の動静をも……せめて二、三日の余裕はあるだろうと思うその出鼻をくじくようにいきなりけさ、カリナエを襲ってきた――もしかしたら、間諜がここにもいて、いま出した私の指令をもことごとく国王に伝えてつつぬけにしているかもしれない。そのかぎりない不安と孤独のなかで……でも戦わなくてはならない私なのだから……」

(もはや、私にとっての勝機はただひとつ……パロとクリスタル、すべての人民になんとかして、かれらが隠していることの真相をつげ知らせて国民たちに私を守ってもらうことだけだ。……それ以外に何ひとつ勝機などない、善良なリュイスには悪いけれど……ランズベール城はどれほど堅牢でも、囲まれてしまえばそれまでだ。だが、もし私の思うようにさえものごとが運んでくれさえしたら……もしかしたら……)

(いかなキタイの悪魔といえども、ないがしろにすることのできぬほどに巨大な流れを、私が作ることができさえしたら)

(神よ——深く帰依するヤヌスの神よ。私を生みたまいし大神ヤヌスよ……いまこそ私、アルド・ナリスははじめてあなたに祈る……これまで、とかく不信心者、身勝手の徒であった私だが、いまはじめて、あなたの加護をわが体内に流れるまじりけなしの青い血にかけて乞い願う。……神よ、私に力をかしたまえ……どうか、この無力な私に力を……そして……そして……)

(神よ……どうか、ヴァレリウスを守りたまえ……どうか、いまいちど……いまいちどだけ……無事に、生きて、私のところへ……私のもとへ、彼を——どうか、お願いです。神よ……)

いつのまにかナリスの目はかたくとじ、その痩せ細った手は可能なかぎりの力をこめてヤヌスの印を結んでいた。

(神よ……)

ナリスは、おのれの頬を白くつたいおちる涙にさえ、気づかなかった。だが、ようやく目をひらいたとき、ナリスは弱々しくその手をあげて涙を一瞬にしてふりはらった。涙になど、くれているいとまはありはしなかったのだ。

「ナリスさま！」

カイがかけこんできた。

「お三人には例の文書をお渡ししました。それから、タウロと申す魔道師ですが、連絡がとれません。ギール魔道師の部下でしょうか？」

「そう、ギールがおのれのかわりにとおいていったのだよ。私も直接には会っていないが……おかしいね。ではいい。それよりも、ではカイ、一番確実な伝令に持たせてすぐに出したい手紙がある。ランズベール城が国王の配下に囲まれてしまえばもう一切の連絡はとれなくなるかもしれない。そうなる前になるべく多くの手をうっておかなくてはならない。いますぐに、手紙を」

「かしこまりました」

「魔道師ギルドと、そしてジェニュアへの手紙だ。昨日のものはもう使者を出してしまったもの以外破棄してくれ。魔道師ギルドのは届いているはずだが、ジェニュアのはまだだろう。……だがジェニュアはあとでいい。とにかくまずは魔道師ギルドだ」

「かしこまりました」

ただちにカイは、馴れた仕事――ナリスのかすれた声をききとってそれを紙にすごい速度で書きうつしてゆく作業にかかった。ナリスは的確に文章をそのくちびるから送りだしてゆきながらも、ときたま気がかりそうに顔をあげて窓のほうに目をやった。あたかもそれは、いまにも窓の外から、ときの声が——国王の軍隊がこの砦を包囲したあかしのときの声がきこえてきて、ヴァレリウスという手足を奪われた彼をとりこめてしまうのではないかと、激しい切迫感にかられているかのようであった。

2

奇妙な緊張した——そして、ひそかにあわただしい、いつぷっつりとさいごの糸が切れて同時に激烈な爆発にならぬとも限らない、というような緊張した空気が、クリスタル市を包んでいた。

むろん、クリスタル市民たちは、何も知らされてはいなかったはずである。が、国王と第二王位継承権者クリスタル大公とのあいだにある反目や敵意、またいつ火をふくかわからぬ危険な緊張については、すでにこの何年にもわたって、クリスタル市民ほどによく知っているものはいなかった。もろもろのいきさつについても、それは《クリスタル》の名を冠した——ということは、クリスタル市の統治にも直接かかわる大公と、そしてこの国の支配者とのあいだの葛藤であるだけに、パロ国民にしてクリスタル市民であるところのかれらくらい、この葛藤に利害関係をもつものは当然いなかったのである。

カリナエでの動向はむろん、極秘にされていたけれども、クリスタル市には、カリナエの小宮殿に毎日食料品を運び込むことでたつきをたてているものもいれば、毎日朝晩にミルクを持ってくるなりわいのもの、さまざまな日用品を持ってくるもの、たくさんのものがカリナエを巨大なお得意先にして生活をたてている。そのかれらにとっては、カリナエの注文のようすがどうかわるか、ということは死活問題でもあれば、また手にとるようにわかることでもある。このところ、カリナエに急に来客がふえたこと――それはむろん、あるじたるクリスタル大公夫妻がひさびさにカリナエに戻ってきたからには当然なことでもあったのだが――そして、それと前後して、奇妙な動きがカリナエで見られたこと、そしてまた、カリナエでナリスの入浴時間を美しい音楽をかなでてナリスの耳をたのしませる役割を持っていた浴室楽士たちが、みないったん交替、という名目のもとに失業したらしいこと、など――なまじな密偵など送り込まずとも、おのれの日常の生活に密着しているカリナエ周辺の民のほうがよほど、カリナエの動向にたいしてつよい興味と知識とを持っているものである。

だが、当然のことながら、カリナエとかかわりのある商売をしているものたちはたいていがカリナエびいきであり、国王派ではなかった。だから、たとえナリスは、「明日、反乱をおこすから、籠城できる食物を持ってきてくれ」という注文を出したとしてさえ、そのかれらから国王がたにそれが洩らされるという心配はせずにすんだことだろう。

だが――

カリナエに早朝から、最初は近衛騎士団の一隊が、それにつづいてたけだけしい聖騎士侯マルティニアスの軍勢がきて、カリナエの扉を蹴やぶらんばかりにして乱入したこと――そして、どうやらその結果何かおそるべき悲劇がおきたらしいこと、そして、その軍勢によってカリナエの人びとがすべて聖王宮に制圧され、カリナエが封鎖されたこと――これももう、ものの半ザンとはたたぬうちに、ほぼクリスタル全市にひろがっていた。口から口への口コミがこういうときには一番早い。仰天したひとびとがいたるところで、新しい情報を求めてむらがっているのへ、次々とまたあらたな情報を得たものが得意顔でやってくるので、ますます情報はかけめぐり、ひとびとは町に飛出してくる。カリナエも聖王宮も、クリスタルの人びとにとっては、かならずなんらかのかたちでおのれの生活にかかわりのある場所である。そのどちらともかかわりなく生活しているあきんどがいるとしたらよほど貧相な小店というものだろう。たとえ王室御用達でなくとも、クリスタルで商売をするためには、路地裏の屋台のような小店以外はギルドの鑑札を貰わなくてはならないし、ギルドに属する、ということは、すなわち王室になんらかのかたちでかかわる、ということであったからだ。数多いギルドはそれぞれ、ギルド長によって仕切られているが、そのギルド長によって、そのときそのギルドがカリナエ派か国王派かも決まるし、それによって、どちらの派が優勢になってくれればおのれの商売が無事に庇護されるかもかわってくるのである。

そうでなくても、アルシス－アル・リース内乱からこっち、クリスタル市内のもろもろの大商店だの、町内の自治会だのはみな、この問題にはことのほか関心を強くもつようになっていた。また、じっさいにしばらくのあいだクリスタルとパロ全国との統治にあたっていたクリスタル大公と、そののち直接指令を出すようになった国王レムス一世とでは、かなりそうした、国内の政治、経済についての観念ややりかたが大きく違っていたからでもある。クリスタル大公が宰相をしていた当時のほうが、ずっと景気はよかった、といっているものも多かったし、なかにはしかし、クリスタル大公より国王統治になってからのほうが自分の商売は楽になった、と思うものもいた。大公と国王の対立のひとつの問題に、税金政策についての考えかたの違いがあったが、これはいまだにあちこちのギルドに尾をひいていたのであった。

それに、なんといっても、あのすさまじかった、アルシス‐アル・リース内乱のことをいまだにまざまざと記憶しているものは少なくない。それはまだ、わずか三十数年ばかりの昔のことにしかすぎぬ。その時代に生きて、内乱の辛酸をなめたものもまだ、矍鑠としているものは多いのだ。かれらは内乱のきざしにひどく敏感になっていたし、その老人たちから耳にたこができるほど話をきかされているので、その老人たちの子供たちも、それについてはかなり気にするようになっている。それは、黒竜戦役などとは比べ物にならぬくらい、実際の被害とは別に精神的にクリスタル市民をいためつけたできごとだったのであった。おのれが崇拝する支配者たちそのものがふたてにわかれて、兄と弟とで血で血をあらういくさをくりひろげ、兵士たちも、その骨肉のたたかいにまきこまれて血を流したのであったのだから。

もっともアルシス‐アル・リース内乱は、フェリシア夫人の仲裁によって、あわやパロ全土をまきこむすさまじい血の決戦になるという直前にからくもとどめられている。そうでなければ、パロ全土がふたてにわかれ、戦いが完全に終結するまでには何年をも必要とし、この世の地獄がパロ全土に出現したであろう。そのことをも、古老たちは思わずにいられない。

だが、いまのこの、クリスタル大公派と国王派との対立は、アルシス‐アル・リース内乱よりもさらに根の深い、そしてさらに陰惨なものをはらんでいた。

アルド・ナリスの逮捕・投獄、そして拷問と、それによる右足切断——その事件は、いまだにクリスタル大公をこの世の花と崇拝していたクリスタル市民たちの心に、深く暗い影をおとしている。絶世の美貌とゆたかな才気を誇り、リンダ大公妃を迎えてこの世の春をほしいままにしていた、クリスタル市の支配者のその突然のおそるべき災難については、いまだに、ナリスびいきのクリスタル市民の多くは、完全にはレムス国王を許してはいなかったのだ。それはごくたわいもない——（あんな美しいかたを、あんな目にあわすなんて！）という、単純な怒りや判官贔屓であったかもしれないが、しかしいつでももっとも強いのはもっとも単純素朴な民衆の怒りなのであった。

それゆえ、クリスタル市では、国王派のほうがどちらかというと肩身がせまい。ことにナリスの投獄に関しては、まったくの冤罪であった、ということが明らかになっているので、その冤罪をまねく原因となった学生たちを生みだしてしまった、アムブラあたりでは、その罪の意識もあって、ナリスの災厄以降、ナリスの人気はふたたび異常なほどにたかまっている。異常なほどに、というよりも、危険なほどに、というべきだったかもしれない。

アムブラあたりはことに、小さい店が多く、貧しい家が多い。先日の嵐の名残はまだあちこちにツメあとを残していて、店全体が被害をうけてまだ開けない状態のままのものもたくさんあるし、それどころかもう、このあとは多少手を加えたくらいではとうてい使いものにはなるまい、という店もたくさんある。洪水で持主を失ってしまった店、全員ではないまでも主たる働き手を失ったり、主が気力を失ってそれきりになってしまった店なども多く、全体に、アムブラはかつての活気はどこへやら、という様相を呈している——といってもまだ、あのおそろしい、空前絶後の嵐から、三日とはたっていないのだから、それでただちにもとどおりの平和なたたずまいをとりもどせ、というほうが無理というものだっただろうが。

戦乱は別として、めったにこんな自然の大災害にみまわれることのない、内陸のパロだけに、かえってこうした自然の大被害のほうに民衆は馴れておらず、弱い。あちこちの家々は水につかって倒壊しなかったものでも、壁の半分以上が泥水につかって汚れてしまったり、むろんそのなかの商品もすべて水につかって駄目になっていたりした。そうしたものがそこにそのまま放置されているようすが、いっそう、廃墟めいたようすをあたえている。

その、廃墟と化したアムブラをまだ修復の手をつける気にもなれずにぼんやりと座ったまま眺めているのが、この一両日の、洪水がひいてからのアムブラの人々であった。

アムブラは先年にも、ヴァレリウス宰相の弾圧により、激烈な被害を受けている。だが、それからもようやくたちなおり、主たる産業のひとつでさえあった、私塾の群がすべて追払われた痛手からもようやく少しづつ回復しかけていた、そのやさきの大嵐であったのだ。アムブラの人々がたびかさなる災厄に自暴自棄——というより、放心状態になってしまったとしても、いささかのふしぎもなかったかもしれぬ。

すりへった石畳もまだ泥でどろどろしていたし、広場ごとの噴水も、石づくりの池のなかまでぎっしりと泥水がつまってさんたんたる光景になっている。泥まみれの腐ったリンゴやカンの実が積み上げられた心いたむ光景——道ばたにぼんやりすわりこんでいる老婆。リーズ聖騎士伯がおのがひきいる聖騎士団をひきいて乗込んでいったのは、そうした、いかにも荒涼とさびれはてたアムブラであった。

かれらの一隊が、いまだ修復されぬアルカンドロス大橋を遠回りして、かろうじて仮修復されているアーリア橋からアムブラ一帯に入ってくるのをみても、アムブラの人々はぼんやりとしたいぶかしげなまなざしをむけてくるだけで、なかにはそれさえもしない、すべてのこの世のものごとに興味を失ってしまったようなようすのものさえもいた。家を失ったものたちがたくさん、泥まみれの石畳にすわりこんでいたり、建物の廃墟の前で茫然自失していたが、その目には光がなく、なかにはいまだに、洪水で失ったらしい子供の衣類を手に握りしめたままの女のすがたもあった。リーズ聖騎士伯はそれをみてもひるまなかった。騎士たちに命じると、カイが大量に作ってくれてあったビラを、そちらこちらの人々に無差別にばらまきはじめた。文書そのものはそれほど多くはいっぺんには作れなかったが、ビラのほうは、ナリスが命じて、きわめて大量に作らせてあったのである。アムブラの人々は、最初、なにごとかといいたげな、興味なさそうな目で、のろのろと手をのばして、騎士たちのわたす紙きれをうけとった。私塾の弾圧以後学生たちのすがたもめっきり少なくなり、若いものよりも、老人、老婆、女たちのすがたばかりが目立つようになっていたアムブラである。

だが、最初にそのチラシを読み下したものが、ふいに、身をおこして、激しい興奮を示しながらもう一度読み直し、それからいきなりまわりの人々を手招いてそのチラシをほかのものたちに大声で読み聞かせ始めるのを、リーズたちは、おどろきと、そして一種の感動の目をもって見つめていた。やがて、人々は、茫然とすわっていることをやめ、身をおこして、もっとチラシをくれるようにとリーズ隊の騎士たちにかけよって来、そしてそれをもらうとあわただしくそれをつかんで自分の家や、誰か見せたいものにむかって走ってゆくのであった。

やがて、うわさがうわさを呼ぶかのように、リーズたちがあらわれて半ザンとはたたぬうちに、いったいどこにこんなに隠れていたのかといいたくなるような、かつてのアムブラの学生くずれたち——なかにはきわめて懐かしい顔も含まれていた——が、どこからともなくあらわれてきたのだった。そして、それらの、一見してもと私塾の学生とわかるものたちが増えてゆくにつれて、アムブラ全体に、なにやら手にとるように活気——というよりも、生命と、そして炎とがよみがえり、みなぎってくるように感じられてゆくのを、リーズたちはおのれが仕掛けたことながら、目を見張って見つめていた。よく見ればその生命も決して明るいそれではなくむしろ、自暴自棄のはての小昏いさいごの炎にも似ており、そしてかれらがこれほどまでに追い詰められていたからこそ、かなり特殊な精神状態にあったことは十分に考えなくてはならなかっただろう。だが、一ザンとたたぬうちに、アムブラの民のあいだには、みるみる興奮が潮のように満ちてきはじめた。そして、あちこちの建物や路地のあいだから出てきて、広場に集まってくる群衆のすがたは、確実に、雨がしだいに溜まっていって小さな水たまりとなり、そして大きな川となるときを待つように、増えていった。かれらはチラシを見つめながら、ひそひそとささやきあい、激しい興奮を必死におさえているようにみえた。

「リーズどの」

ふいに、建物のあいだから飛出してきた若者に声をかけられて、リーズははっと緊張したが、すぐ、それがナリスのところで見知った同志のひとり——王立学問所の若き講師のすがたであると見分けた。

「これは……ヨナどのでしたな」

「そうです。ゆうべこちらに戻っておりましたが……どうなさいました。何か、予定に変更があったのですか」

「これこれこういうわけで……」

リーズはあわただしく、カリナエでけさがたおこった異変と、そしてそれに対してナリスが一刻の猶予もならぬと手をうちはじめたことをかいつまんで語った。ヨナは青白いおもてをいくぶん紅潮させながらじっときいていたが、そのチラシをうけとると、さっと読み下した。

「そうですか……これは、本当は、きょうから少しづつ、国王派の騎士たちに見咎められぬていどに撒こうというお話で私もご協力したものなのです。そのときに私もかなりの部数を頂戴してきました。……だが、そのように情勢がかわったのだったら、それはもう……ラン！」

ヨナは、声をあげて――ヨナとしては珍しいほどの大きな声で、呼んだ。ヨナが姿をあらわした路地のあいだから、がっちりとした長身の、日に灼けた浅黒い肌をもつ、いかにもカラヴィア人らしい顔だちの男が――もう、きわめて若いとはいえなかった――飛出してきた。

「リーズ伯はご記憶でしょうか？　こちらは私の盟友の……カラヴィアのランです。先日、フェリシア夫人ご帰国の宴のおり、いちど、カリナエでお目にかかっております」

「おお、むろん、覚えておりますとも……」

リーズ聖騎士伯はもごもごいった。正直、ヨナの印象のほうがはるかに強かったので、平民のなかから招かれた同志についてはそれほどよく覚えてはいなかったのだ。それと見てとって、ヨナは苦笑した。

「では、あらためてご紹介いたしておきます。こちらはカラヴィアのラン、私とともに、ナリスさまのご知遇をうけ、ご一緒に研究に従事させていただいておりました。このたびのご計画についても最初から、お知らせいただいております。……実は先日の嵐で、家族とちりぢりになり、ずっとその行方を探していたのですが……ようやく、私もけさになって彼と会うことができたのです。ちょうどよかった」

「ひどい嵐でしたから……」

リーズはちょっと口ごもった。ランは光のつよい目で、じっとリーズを見つめ、その手に持ったチラシをくれるよう手をさしだした。その手の指は少年時代の不幸な事故で小指と薬指のなかばまでが二本かけていたが、ランは気にとめるようすもなかった。チラシをさっと

読み下すと、ランの目が光った。

「時がきた、と解釈してよろしいですね。リーズ伯」

するどくランは云った。

「ずっと我々アムブラの学生あがりたちはナリスさまがこの日あるを待ち焦がれてきました……ナリスさまからついに、おことばがあればいつなりと立つべく、アムブラの学生の残党をたばねておくように、とのおことばを頂戴してから、俺はずっとひそかにアムブラでいつなりと動けるよう、昔の仲間たちを少しづつ組織してきました。いまがそのとき、と考えてよろしいのですね」

「そのとおりです」

リーズはいくぶん驚きながらいった。

「まさにナリスさまはそのとおりのことをおっしゃっていました。いまがそのときであると、アムブラの人びとに告げ知らせてほしい——そして、ランズベール城へ、と」

「ランズベール城へ」

ゆっくりと、万感をかみしめるようにカラヴィアのランはつぶやいた。

「ランズベール城へ。——心得ました。ではアムブラのことはもうご心配なさいますな。俺とこのヨナとですべて引き受けます。可能なかぎりすべての人間を動員して、とりあえずランズベール城を目指させます。武装させて、よろしいのですね」

「むろん」

「詳しいご命令はまたいただけましょうね？」

ヨナが落ち着いて念をおした。

「ランズベール城のどのあたりをめどに集結すればよろしいかとか……万一国王派の騎士たちと衝突になれば、戦端を開いてよろしいのかどうかとか。それについてのご命令は、できることなら早めにいただいたほうが……ごらんになっておわかりかと思いますが、アムブラは……アムブラはいま、通常の状態とはとてもいえない状態になっています。先だっての洪水で、家族をなくしたもの、家屋敷を駄目にしたもの、すべての商売道具を駄目にしたもの……みな、この世が終ってしまったようなありさまになっています。いうならば、おそろしく過激に、過敏になっています。いま、火を落とせば、いまのアムブラは、まるで油つぼのように一気に燃え上がる状態です。もやして、よろしいのでしょうね？」

「なるべく早く、そして巨大に」

リーズは云った。

「それをナリスさまは唯一の希望とおっしゃっておりました。アムブラが立ってくれること、パロの人民が味方についてくれることだけが、いまや唯一の希望であると」

「――わかりました」

ランはかっと目を燃え上がらせながら叫んだ。そしてリーズの手を握りしめた。

「ただちに動きます。残りのビラを全部俺にお渡し下さい。聖騎士のかたがたは、このような、煽動の任務に使ってはは勿体ない。ナリスさまのご警護なり、もっとその剣を有効に使って下さい。一ザンとはかからず、アムブラでできうる限りの人数を集めて、ランズベール城へ集結させてお目にかけます」

「頼もしきおことば」

リーズは頬を紅潮させてうなづいた。

「私も実はナリスさまが心配で。……いま、すべての武官も文官も、ナリスさまをお守りするものたちはみなあちこちへ出むいてこのような任務についています。むろんランズベール侯は残ってナリスさまをお守りしておいでのはずですが——にしても、手薄なのは確かです。ここをおまかせしてよければ、私はできるだけ早くナリスさまのご警護に城に戻りたいのですが」

「一刻も早くお戻り下さい」

ヨナは緊張したおももちでいった。

「よくない予感がします。……ナリスさまはくりかえし、このたびの敵の尋常ならざるをといておられました。通常の敵のつもりでいてはいけない、と……どうか、なるべく早く、ナリスさまのご警護にお戻り下さい。ここは我々だけで大丈夫です」

「了解しました。では私は広場のようすをみてから帰投します。全軍、移動！」

リーズはおのれのひきいる一個中隊に命令を下した。ただちに、あたりに散ってチラシを配る活動にせいをだしていた聖騎士伯騎士団の騎士たちがウマのひづめを泥のこびりつくアムブラの石畳に鳴らしながら集まってくる。

「我々が動きだせば、ロイス長官が、援護の騎士たちを出してくれる、という密約になっている」

ヨナはランに口早にささやいた。

「ともかく、早く橋をわたろう。アムブラにいるわれわれの最大の危険は、ことをおこすまえにすべての橋を封鎖されてしまうことだ。――でないと、間に合わなくなってしまう。とにかく、いまいるものたちだけでも中州にかかるすべての橋を占拠させ、われわれがアムブラにとじこめられることのないようにしないと」

「こちらにくると同時にロイス長官にもナリスさまが使者を出されているはずです」

リーズは云った。

「それでは、また、のちほど、ランズベール城にて。ごめん」

「のちほど」

ランが不敵な笑顔をみせた。泥にまみれ、廃墟と化したかにみえるアムブラの灰色の風景のなかで、ランの白い歯があざやかにうかびあがった。

しだいに、ようすをきいて、学生くずれたち、そして希望を失ったアムブラの老若男女すべての民たちがあちこちから集結しはじめている。すでにその手に、剣をかざしているものもあれば、ナタや長い棒を手にしているものもあった。泥に汚れた長いスカートをからげて髪の毛をきりきりと布でたばねてつつみあげた女たち、昔とったきねづかといわぬばかりに刀を背中に背負った老人たち――それは、かつての、あの反乱の日の再現かとさえ思わせる光景であった。

「ヨナ、いまいる連中だけをひきいて先にゆけ。俺はもうちょっと集めてからむかう」

ランはお手のものの演説をぶって、すでに火のついているアムブラの民をいやが上にもあおってやろうと、そのへんにあった木箱――それも泥まみれだった――の上にとびあがった。そして、大声に、久々の弁舌をふるいながら、人々をランズベール城へ、ランズベール城へ！　とアジりはじめた。

人々の拳がいっせいにつきあげられ、宙をさす。これほどに燃えつきやすいおきには、さしも活動家のランといえどもまだ火をつけたことさえなかったであろう。

「立ち上がれ、アムブラの民よ――長いこと眠らされ、埋められていたアムブラの熱誠よ！」

ランが熱弁をふるいはじめるのを背にして、ヨナはヨナで声を励まして、すでに集まっていた連中をランズベール城へと先導しはじめようとした――すでにリーズの一隊はランズベールめざして走り去ってあとかたもない。

そのときであった。

ふいに、ランもヨナも、そしてあたりに集結していた人々も、はっとなってことばをとめ、叫びをやめ、動きをとめた。

どどーん――

何かが崩れ去るようなすさまじい音。

さながら、巨大な山でも崩れ落ちたかのような地ひびき。

そして、激しく吹きならされるラッパの音。

「なんだ、あれは!」

ランは演説を中断して叫んだ。ヨナは飛上がって走りだした。

「走るんだ。急げ、皆! ランズベール城前の広場へ向かうんだ。あれは、破城槌の音だ。いくさが、はじまったんだ!」

3

広いクリスタル市のなかで、ひとりアムブラだけがあわただしく緊迫のなかからその激しい急展開を迎えたわけではむろんなかった。

それ以前に、クリスタル市のそこかしこが、はっきりと激しい緊迫の度合いが急に増してくるようすを見せていたのである。それはちょっとでも空気を読む能力のあるものならば、誰にでもわかったであろう。なにごともなかったかのようにひっそりとしているのは、よほど宮廷でおこっていることがらと縁のない、はるかな郊外の農村くらいのものであった。

すでに、カリナエの異変は、それから一ザンとはたたぬうちに、クリスタル全市に矢のような早さで口から口へと伝えられていた。また、魔道の都クリスタルでは、ことのほか、こうした情報伝達はこの時代としては早かったのも確かである。プロの魔道師ではないまでも、ちょっとした魔道くらいだとたしなむものは学生あがりとか、魔道師志望だったものとかにいないわけではなく、そうした連中もごく初歩の、近距離の遠話くらいはたしなむからだ。

それゆえ、（カリナエに異変あり――）の情報が流れ出すやいなや、さっとクリスタル市には緊張がみなぎり、（ついに、きたるべきものがきた……）という、はりつめた空気が一瞬にして、クリスタル市にたちこめていたのであった。

そのなかに、さらに、王宮の大門がひらいて、次々と近衛兵の連隊がアルカンドロス広場にあらわれて整列している、という情報が流れていっそう人々の緊迫感をつよめた。なかには、それをきいて、（内乱近し……）との直感にしたがって、ただちに身のまわりの荷物だけをまとめ、あわただしくクリスタルをはなれようと出発したり、あるいは老人と女子供に屈強の護衛だけをつけてクリスタルから、郊外の別邸や親戚のところなどにおとしてやるものもかなりいたが、それ以上に多かったのは、家族たちはなにかあれば地下室に避難するようにといいふくめた上で、おのれは武器をたずさえて、アルカンドロス広場周辺へ——ただちに情勢のわかる、王宮まわりへとかけつけるために家をとびだしたものたちだった。ことに、青年たちと、まだ壮年から老人でもからだのきく年齢のものたちは、まったくクリスタルを逃げ延びることなど考えず、いったい何がおこるのか見届けようとあわてふためいてアルカンドロス広場をめざしたのだった。

このアルカンドロス広場をめざすのこそは、クリスタル市のひとびとにとっては本能のようなものだった——それは、このクリスタルのひとつの中心であると同時に、クリスタル市の西に威容を誇るクリスタル・パレスと、クリスタル市とをむすぶかけ橋のような場所でもあった。聖王の即位、聖王の婚礼の大典、そして歴代の王たちの葬儀や祝典のたびに人々はこの広場にあつまり——パロがモンゴールの手におちた絶望の晩にも、パロがモンゴールからの独立を取り戻した復活の暁にも、また、平和のよみがえったよろこびの大祭のおりにも、人々はことあるごとにアルカンドロス広場にあつまり、歓呼の声をあげたり、声をあげて嘆き悲しんだり、武器をとって殺気だったりして、かれらの心を施政者たちに伝えたのである。そこはまた、東クリスタル区からは、ヤヌス大橋を閉鎖してしまえばまったくたちきられてしまう、という地の利をそなえた場所であるだけに、ともかくもアルカンドロス広場に集まり、そこで施政者たちにむかっておのれの意志を伝えること——は、誇り高いクリスタル市民たちにとっての最大の誇りでもあれば、崇高な義務でもあると、心得るものたちが多かったのである。

なればこそ——

何か異変の気配を感じるやいなや、人々は、誰いうともなく、アルカンドロス広場を目指す、という不文律のようなものが、クリスタルには、出来上がっている。

アムブラを中心とする東クリスタル区ばかりではなく、もうちょっとゆたかな、クリスタルの事実上の文化、経済の中心たる商業地区といえる南クリスタル区からも、イラス大橋をはじめたくさんの小さな橋をわたって、ひとびとはいっせいに《中州》をめざしはじめていた。じっさいにはまだ、かれらは、カリナエに異変があったようだ——といううわさを耳にしているばかりで、何がどう異変なのか、それも知らなかった。だが、どちらにせよかれらはもう、かなり前から、（いずれ、この日ある）を予期していた、ともいえる。

国王、レムス一世と、そしてクリスタル大公、先の摂政宰相アルド・ナリス王子とのひそかな対立、葛藤、そして確執は、もう、レムスの即位以来ずっと久しくクリスタルの——いや、パロ全土の国民たちにとって、最大のひそかな危機の底流としてのしかかっていた不安であった。そもそも、十歳も年若いレムス国王が即位するにいたるいきさつそのものも、危険をはらんでいた。アルド・ナリスは単身、ベック公も不在、国王夫妻はうたれて首をむざんにアルカンドロス広場にさらし、そしてその世継の御子たちが行方不明、というパロ三千年の歴史中最大の危機にたって、その身を危険にさらしてパロにとどまり、モンゴールの拷問や強制された結婚の罠を果敢にくぐりぬけて、みごとクリスタル市民をひきいてパロの独立を奪還した英雄であった。

（その間に国王は何をしていたのか？　草原で、なすすべもなくただ、ナリスさまが国を取り戻してくれるのを待っていただけではないか）――という、はじめから、その声はいたるところにひそんでいたのだ。だが、平和が戻った、パロが独立をとりもどした喜びにみたされた祝祭のときには、すべてのそうしたマイナスな思いはかき消され、口には出されなかった。

そして、レムスは、年長のいとこであるナリスをおのれの後見者、摂政宰相に任命し、そのことできわめてパロの人々の信頼をかちえることができた。――だが、そののちのレムスの行動くらい、パロの人々のその喜びを裏切るものはなかった。おのれの年若さと、そして功績のなさを人々の不信の原因ととらえて焦ったレムスは、いっとき暴虐といってもいい圧政をしき、クリスタル宮廷には不安と疑心暗鬼の暗いあらしが吹き荒れたことはまだ、ひとびとの記憶に新しい。そのときに、つねにひとびとを庇い、国王にたいしていさめ、おのれの身をまとにして処刑されんとする無辜のひとびとを救ってくれたのが、摂政クリスタル大公であったことも、ひとびとの記憶にはまざまざときざまれている。

そして、そののち——クリスタル大公と、リンダ王女との成婚、という最大の喜びをへて、ひとびとが、これでようやくパロに本当の平和と安泰が戻ってきたのかと——国王のいっときの狂乱もようやくおさまり、国王もまたアグラーヤの王女という婚約者を得て、ようやく本当の意味での平和がやってくるのかと思ったやさきの、クリスタル大公の突然の「反逆の容疑」によるランズベール塔への投獄、そして拷問と、それによる右足切断の奇禍であった。

これは、クリスタル大公びいきのパロのひとびとにとっては、あまりにもショッキングなできごとであった——かえって、いのちをおとしたとか、あるいは裏切者として処罰された、というほうが、まだパロのひとびとにとってはショックは軽かったかもしれない。本当に大公が無辜であるかないかをとわず、「中原一の美人系を誇るパロ聖王家」をきわめて誇りにするクリスタルのひとびとにとって、そのなかでも、中原一の美男子のほまれも高かった伊達男、クリスタル大公が、むざんにも片足を失い、終生車椅子から立ち上がれぬ身となる、という事実は、かえって大公が処刑されたよりもずっとむざんな、残虐な印象を与えたのであった。しかもそれが、のちに当初の反逆の汚名は訂正され、かえってその拷問者カル・ファンこそが反逆者であり、キタイの手先であった、という発表がなされるにおいておやである。クリスタル大公は、えたいのしれぬキタイの陰謀の不幸な犠牲者であり、そして、そのためにそのような重大な不幸を背負わされたのだ、という事実は、クリスタルの人々をして目をそむけさせるものがあった。

正直いって、奇妙な話だが、この奇禍は、直接レムス国王の信用失墜にはさほどつながらなかった、のは事実である。それまでは、なにかというと、クリスタル大公対レムス国王、という図式においては、レムスが悪者で、大公は気の毒な犠牲者、といった見方が多かったこの対立であったのだが、逆にこれほどはっきりと、あまりにもむざんな陰謀の犠牲となったことが明確なこの奇禍ののちには、レムスへの親和派が多少ふえ、そしてクリスタル大公には、きわめて同情的でありながら、クリスタル大公派を自認するものは多少減った。これは、奇怪な事実であったが、人間の心の動きのふしぎな真実でもあった。

人間とは、ことにクリスタルの市民たちのように気位の高い人間たちは、とかく「負け組」にくみすることを、あまりここちよく思わぬものなのである。もっとも、さらにそこに何か悲劇があった場合にはこんどは判官贔屓の心理がはたらきもしたであろうが、いったん最初の災厄への同情心や憐憫や、美しかった大公を惜しむ気持が一段落すると、そして大公の不自由が永続的なものであることがわかるにつれて、決して功利的、とまではいわないまでも、(負け組にくみしたくない)という、微妙な心理が、クリスタルの市民たちのあいだに働いたのは、たしかに事実であった。

国王が勝組だったというのではないのだが、このへんが微妙なのである。むろん、あくまでも断固としてクリスタル大公に心をよせつづけたランズベール侯のような崇拝者はともかくとして、ごく一般的なパロの貴族、廷臣、一般市民たちのなかでは、あれほど華麗だったクリスタル大公のむざんなすがたを見るのがつらい、というような心理がはたらいたのは確かであった。よく解釈すれば、かつて崇拝していればいたほど、その衰弱し、能力を失ったすがたを見るにたえぬ、ということでもあっただろう。そんなわけで、その微妙な心理の底流によって、クリスタル大公がマルガに隠遁を余儀なくされて以来、クリスタル大公派を称するものは目立って減少した。

だが、また——そののちに、ナリスがひそかに暗躍を開始すると、その底流をかぎつけたかのように、ナリスのもとにもどってくるものは少しづつふえはじめ——そのあたりが、人間の心理の綾とはまことに奇妙なうごきをするというべきであったが。そして、ナリスがクリスタルに、暗殺未遂事件によって強引に戻ってきて以来、(これは、いまに……)(いまに、何かあるな……)(なくては、おさまるまい……)という、その空気が、はっきりと、クリスタルの日常のなかに生まれていたのであった。

天知る地知るとはよくいったもの、ひとの目、ただの、ごくふつうにただものごとをよこあいから見ているだけの大衆の目、というものは、思ったよりも、ばかにならぬ。——まず、かれらの目をひきつけたのは、「クリスタル大公アルド・ナリスと、魔道師宰相ヴァレリウス伯爵の関係」であった。

(ヴァレリウス宰相は、あまりにも、マルガにしげしげと足を運びすぎる——)

(むろん、ナリスさまが、ヴァレリウス魔道師を伯爵とし、おのれの後任の宰相に推挙した時点で、なんらかの密約はかわされたにせよだ……)

(ただ、それが……からだの不自由になったナリスさまにかわり、ナリスさまの都合のよいように国政をとり仕切るあやつり人形になる、という黙契であるとしては……あまりにも、このところ、ヴァレリウス宰相は、クリスタル大公と密着しすぎている……)

(あれでは、いかにレムス陛下が新婚の夢に溺れておいでといっても……不審の念は抱かずにはおられまいに……)

その、ひそかな思い――

それは、クリスタル市民たち自身の疑惑でもあったのである。

それまでは、ヴァレリウスは、国王派筆頭であるところのリーナス聖騎士伯の子飼いの陪臣であり、そして、ナリスの乳きょうだいのリギアに恋しているといううわさ(こういうことに関しては宮廷びとの炯眼をまぬかれることなど、できるものではないのだ)はあったにせよ、むしろそれも含めて、どちらかといえば、「アンチ・クリスタル大公派」の旗がしら、とさえ看做される立場にあった。なまじそれまでに、そうしてはっきりと、敵対とはいわぬまでも対立する側に身をおき、国王の絶対の信頼を得ていたゆえに、なおのこと、宰相に推挙されて以降の彼の《変節》は、ひとびとの注意をひきやすい。

なかには、(いや、しかし、ヴァレリウス魔道師は、リーナスさまのもとで、ナリスさまがモンゴールにとらわれたあの黒竜戦役のときには、ナリスさまを救出し、パロが独立を取り戻すためにあれほど、心を一にしてはたらいたではないか……)というような、旧聞をいいたてるもののもないわけではなかったが、しかしそれにもまして、レムスのきわめて信頼あつい、レムスの最大の参謀ともいえるヴァレリウスが、かくも急激にマルガに近づいたことに対して、(ヴァレリウスは、クリスタル大公の手中におちた——)という、身もフタもないみかたをするものも、きわめて多かったのは事実であった。

(まあ、それはそうだろうさ。いかに国王の参謀といっても、すべては結局、じっさいの功績はリーナス伯爵のもの、当人は陪臣であるからには、こき使われるだけ使われて、じっさいの名誉や報酬をうけられる見込はまるでなかったんだからな)

(それを、ナリスさまがあんなに強引に後任の宰相に推挙されたから……リーナス伯はいっとき、もうヴァレリウスのヴァの字もききたくない、というくらい、ヴァレリウスを裏切者とみなして激怒していたというしな)

(ナリスさまにかかってはかないませんな。……あれほど、国王派の筆頭にみえていたヴァレリウスを、宰相の地位ひとつであんなにもころりとまるめこんでしまわれるんだから。おそろしいおかただ。やはり、ああいうからだになっても、あのかたのおそろしさはちっともかわってなどいないってことだな)

ひそひそと、ささやきかわされる、うわさ、うわさ。

うわさの口に戸はたてられぬのことわざどおり、たとえいかに当人が否定しようとも、(そういううわさがある)という、まるでつかめば消えうせる蜃気楼のようなささやきには、あらがい得るものではない。

それに対して、しかし、レムス国王は、最初からさいごまで、もののみごとに沈黙を守っていた。ごく側近のものだけが、国王が宰相に若干のいやみを口にするのをきいたこともあったが、それも大勢の廷臣たちのいる前では一切口にだされなかったゆえに、それほどひろまりはしなかった。それゆえに、（あるいは、国王は知らないのか？）とさえ、はじめのうちはかんぐるものもいたが、ヴァレリウス宰相の「マルガ通い」の繁さが知れ渡るにつれて、（いかに国王が気のつかぬ人間だったとしても、これだけしげしげとあることを知らぬままでは……）という声もしだいにつのっていった。そして、それが人々の口に膾炙してゆくにつれて、（レムス国王はいったい何を考えているのだろう？）という、ぶきみがる声のほうが、むしろ多くなってきはじめたのである。

そして——

いつのころからであっただろうか。

（謀反……）

決して、大声では語られるまじきその単語が、ひそひそと、秘密めかして、ひとびとの口からささやかれるようになりはじめたのは。

（反逆……内乱……反乱……）

（アルシス－アル・リース内乱の……再現になるのでは……）

最初は、まるで、それを口にすることが、その不吉な想像を近くによせつけてしまうのではないか、とでもいうように、誰かが思い切ってその懸念を口に出そうものなら、必ず誰かが激しく叱りつけたり、そんなばかなことはありえない、といったりしていたものだ。

それから、しだいに、ひとびとは、頭をあつめ、顔をよせあって、ひそひそと、その可能性について話し合うようになり——

そして、それから、ごく自然にそのささやきは、（だが、あれほどからだの自由をそこなわれたいまとなって、はたして大公にそんなことが可能だろうか？）という議論——そして、（いや、だからこそ大公は、おのれの傀儡としてヴァレリウス宰相を抱込んだというわけなのだろう……）という推理に発展してゆき……

そして。

（反逆）

いまとなっては、もう、そのことばは、まるで、ただ時のみちるのを待つだけの既成の事実、とさえ、パロのひとびと、ことにクリスタルのひとびと、さらにそのなかでもクリスタル・パレスのひとびとの心に重たくのしかかって、かれらの日常を、どこかうわついた、ただならぬものにしていた、といえる。

（反逆……謀反）

（いつ……クリスタル大公の反逆は火をふくのだろう……）

クリスタル大公がマルガでひさびさに客をよんだ、といっては、人々は固唾をのみ——

そしてまた、クリスタル大公が暗殺未遂にあった、といって、国王の陰謀をあやぶみ……

さらにまた、クリスタル大公がそれをしおに、クリスタル帰還をはたした、といって、（ついに……いよいよ……）そう、確信するものも、実は、数え切れなかった。

（まもなくだな……）

ちょっとでも、情勢が《見える》と自負するものたちには、しだいに野火のようにじわじわと危険な反逆の炎が燃え広がりつつある——それでいて、表面は何もなかったかのようにしずまっている、クリスタルの日常は、まるでいつ破裂するかわからぬケムリソウの実の上にいるようにさえ、びりびりと感じられていたのである。

そして、ついに——

（時が、満ちたのだ……）

誰ひとりとして、「カリナエに異変！」のしらせを耳にしたとき、そう思わぬものとても、百万余の全クリスタル市民のなかにいはしなかったろう。

むしろ、（やっと……ついに……）と、そう思ったもののほうが、はるかに多かったに違いない。

それが、どちらが仕掛けたものであったにせよ——これは、国王とクリスタル大公、という、宿命の二人——そのそれぞれの父親以来の長い確執をひきずってここまできてしまった、運命のいとこどうしの、いつかは確実にむかえるべきときであったのだ、と、誰もが思ったのであった。

アルシス-アル・リース内乱という、兄弟の血で血を洗ういくさは、フェリシア夫人というひとりの美姫の犠牲によって、かろうじて水際で食い止められた。だが、今回は、そのあいだにたつリンダ大公妃、国王には唯一の肉親にして姉であり、そして大公には最愛の妻である聡明な美女をもってしても、もはや対決はとどめることができぬ——そう、誰もが、感じていたのだ。また、リンダ大公妃自身が、しだいにじわじわと、おのれの弟国王に対する不信感をつよめ、夫の側に全面的にたちつつあることをも、宮廷のひとびとは十分に感じ取っていたのであった。

もしも、ここでまた内乱が勃発することをなかなか信じようとせぬものがいるとしたら、それはただ、ナリスが「あのようなからだ」だということ——自由にベッドからおきることもかなわぬようなからだの人間が、健康な人間にとっても大変な、武器をとり、味方を指揮して、先頭にたって一国の国王とそのひきいる軍隊に敵対することなど、考えられるべくもない、ということからだけだったただろう。

だが、それでも——(あの、クリスタル大公ならば……)

それでもやるかもしれぬ——いや、いまに必ず。……その気持もまた、つねに、クリスタルのひとびとの心のなかにはあったのである。

そして、いま。

(カリナエが、封鎖されたそうだ)

(カリナエにいたる道はすべてとざされ、クリスタル市からもまったく連絡がつかなくなっている)

(カリナエの者は一人のこらず、ごく幼い小姓にいたるまで、カリナエの奥まった一室に幽閉監禁され、武装していたものは武装解除の上、聖王宮に連行されたそうだぞ)

カリナエの周辺にも、カリナエの用をたして生活をたてているものがたくさんいる。それらからの情報は、政府といえどもとどめることもできぬ。ひるまでには、すでにその情報は、クリスタルじゅうにゆきわたり――

《反乱勃発！》――

その、ついにきたるべきものがきたのだ、というおののきのような叫びは、クリスタル市の家から家、路地から路地、そして口から口へと、大地をゆるがす潮のようにひろまってゆきつつあったのだった。

そして、午後、ルアーの一点鐘――

それがたかだかとうちならされたとき。

「大変だ！」

「近衛兵の連隊があとからあとから、アルカンドロス広場に集結しているそうだぞ」

「なんだって。とうとうか！」

「それじゃ、ナリスさまは……」

「カリナエがやられた話はきいただろう。もしも、あのときカリナエにナリスさまがいたのなら、当然……」

「じゃあ、ナリスさまは、カリナエにはおいでにならなかったのか。じゃあ、いったい、どこに――」

「近衛兵は、それを――ナリスさまのお行方を捜索する、という命令をうけて、広場に集結しはじめているようだぞ」

「なんだって……」

「だがどうせ……クリスタルにおいでになるには決まっているのだから、ゆくさきは決まってるだろう」

「どこだ、いったい。どこにおいでだというんだ」

「そりゃ、決まっている。——ランズベール城さ」

「ああ、そうか！」

ランズベール城をあずかるランズベール侯が、どれほどクリスタル大公アルド・ナリスの強烈な、最大のシンパであるかは、クリスタル市民、廷臣、郊外の民衆たちにいたるまで、誰ひとり知らぬものもない。

（いよいよ、いくさか！）

（えらいことだ。いよいよ、クリスタルが、いくさのちまたになる！）

（だが、ランズベール城にこもったところで、あそこは聖王宮の一角だぞ……あまりにも、敵と近すぎるだろうに。いくさになど、なりようもない）

（いや、そうじゃない。……なまじ、あれだけ聖王宮の一角であれば、延焼をおそれて、火矢も放てん。いしゆみもうかつには射てぬ。……やはりそこらへんは、ナリスさまのご知略というものさ）

（だが、ナリスさまはお動きになれないのだろう。かわって誰が戦うんだ？　ランズベール侯か？）

（それはもう……ルナンさまもいれば……ほかには誰だろうな……）

（ヴァレリウス宰相は、どうするんだ？）

ともかく、いって、ようすを見なくては……

その思いのもとに、ひとびとは、あわててとりあえずの身をまもる武器をとって、それぞれの家をとびだしてゆく。

ひそやかに、だがしだいに公然と、クリスタル全市は、《反乱勃発》——の、おそろしい一語に染め上げられつつある。

4

「ナリスさま！」

あわただしく、飛込んできたもののすがたをみるなり、ナリスのおもてが輝いた。

「おお、リギア――心配していたよ。よかった。それでは、かろうじて間に合ったのだな」

「はい、ちょうど、聖騎士宮に私も出ておりましたので、運よく父と会うことができまして」

リギアは息をはずませていた。うしろから、ルナンも一緒に入ってきた。

「あやういところでした。聖騎士宮の近習から、近衛騎士団の出動命令が出たときいて、ただちに父をせきたててランズベール城に戻ってまいりました」

「よかった。いま、まさに、動き出す命令を出そうとしているところだったのだよ。リギアとルナンが間に合ってくれれば……」

「ほかのものは？」

けわしく、リギアがきいた。

「どのくらい、いまご城内におりますの、おもだった武将といえるようなものは？」

「リーズがまだアムブラから戻っていない」

ナリスは答えた。

「アムブラから戻るには……もしもう、ヤヌス大橋が近衛兵に固められてしまっているとしたら、アルカンドロス大橋を通って大回りになる。間に合うかどうかわからないね。一応、ランズベール大橋側の門は、さいごまでおろしておく予定ではいるが、近衛兵がそちらにまわったという知らせがはいりしだい、ただちにはね橋をあげる。カレニア衛兵隊の主力もいま城内に入り終えた。まずは第一戦はランズベール城の攻防ということになるよ」

「籠城ですのね」

リギアは難しい顔をした。ナリスのいるのは、ランズベール塔の頂上の望楼だった。そこの四つの壁にはすべて大きな窓が切られており、四つの方向をすべて見下ろすことができるようになっている。望楼はかなり狭くなっていたので、からだの不自由なナリスでも、ちょっと車椅子を動かせばすぐに望む方向の窓から、下のようすを見られるようになっている。本来、ランズベール塔とネルバ塔が建設された本当の目的は、このように、一望のもとにクリスタル市街とクリスタル・パレスを見張り、そこに異変がないかどうかをつねに目をくばるためであったはずなのだ。その地の利のよさゆえに、四方をしっかりと守られて決してそこからは逃亡できぬ、という利点がかわれて、いつしかにそこの地下に囚人が幽閉され、それぞれに貴族たち、平民たちの重罪犯をとじこめ、拷問し、ひそかに処刑する監獄となりはてていたけれども。

ランズベール塔は東にそびえるネルバ塔よりもさらに高い。そこからは、北にむかえばランズベール大橋から、それにつづく貴族たちの居住区である北クリスタル区のみやびな邸宅街、緑ゆたかな屋敷町のようすも、また、南にむかえば一望のもとにクリスタル・パレスを見下ろすこともできる。その彼方にははるかに護民庁街とそのうしろの南クリスタル区がひろがっている。

そして東をのぞめばランズベール川の流れが青く光り、その彼方にアルカンドロス広場をへだてて東クリスタル区——そこまではとうてい見通せないにせよ、とりあえずクリスタル・パレスの東側のようすは見下ろせる。西は西で、騎士の門から、そのさきにひろがる西クリスタル、すぐにひらけてくる郊外の森々も黒々と見渡せるのだ。

ナリスはそこをおのれの本陣に決めたのだった。車椅子ごと、せまい階段を、ナリスをここまで運びあげるのはたいへんな手間であっただろうとリギアは思ったが、しかし、一方でひそかに、ナリスの覚悟と、そしてまたナリスの知謀のほどを感じ取ってもいた。

（いまのナリスさまのおからだでは、普通の総大将としてはとても軍の先頭にたって采配をふるうことはお出来にならない。……でも、ここから見下ろしていれば、すべての戦況は一目瞭然。ふつうなら、ここまで伝令がいちいち往来していては状況の変化に対応できないけれども、ナリスさまの伝令団は魔道師たち。——普通の伝令より数倍早く往復できるわ。……それに、この塔の上にナリスさまがおいでになると知られてしまうまでは、よしんばランズベール城の本丸に敵が攻め入ってくることがあろうとも、まさかこんな危険な場所に謀反軍の総大将がいるとは敵は想像がつくまい。……でもいったん知られてしまえば……守るには、せまい階段ひとつが通路である分、少ない人数で死守するにも守りやすくもあるかわり、大勢の敵に囲まれたらどこにも逃げ場がない……）

（でもナリスさまは、逃げ場のないのを承知の上でこのランズベール塔に背水の陣を敷かれた。これがナリスさまのご覚悟のほどなのだ、と味方のすべてに告げ知らせるように……）

「とりあえず、いま動いているのは近衛騎士団だけです」

リギアは報告した。

「まだ、聖騎士団については、大半は静観のかまえ、と申しますか、かなり動揺して、気持を決めかねているように思われますわ。少なくとも、まだ国王から、聖騎士団について正規の出動命令は参っておりませんが、それをよいことにできることなら高見の見物を決め込みたいと思っているものもたしかにおります。近衛騎士団は、とりあえず反乱を制圧する、ということばははっきりとは受けずに、『市内の治安を守るべく』というあいまいな命令をうけて、出動要請をうけ、アルカンドロス広場にいったん整列ののち、王室練兵場へむかうよう、指図されたということです。これは私、近衛騎士団の、私の息のかかっている騎士から急報でききました。……そして、ネルバ公騎士団にも、急遽武装命令がきています」

「アルカンドロス広場から王室練兵場にむけての近衛騎士団の移動ははじまりつつあるようだ」

ナリスは、東側の窓から外を見下ろしていたカイの報告をうけてうなづいた。

「王室練兵場の北端はランズベール城の東門と接している。まずは、そこを突破口にしようというつもりかな。そこにはもう、ランズベール騎士団五百が石垣の内側に詰めている」

「近衛騎士団は、少なくとも一千はこえています」

リギアはいった。

「リーズの隊はどのくらい出動していますの。いま城内には最大どのくらいの兵が残っていますの」

「およそ三千弱」

ナリスは即座に答えた。

「カレニア衛兵隊二千のうち、半数が城内に入ったので。残る半数はランズベール大橋の北大門を警護している。ランズベール騎士団は千四百人全員がそれぞれの持ち場について命令を待っている。残る五百が、私についてきてくれた大公騎士団のものたちだ」

「ではいま、三千五百に増えましたわ。私と父が、ルナン侯騎士団四百八十を連れて入城しましたから」

「助かるよ、リギア。リーズは二百ひきいてアムブラにむかった。それが戻ってくればおよそ三千七百。……だが、これ以上ふえると、ランズベール城がこんどは収容しきれなくなって、逆効果になる。……ランズベール城の籠城のさいの許容範囲は、一千人なら二カ月もつ、とリュイスはいっていた。人数がふえるほど、当然もつ期間は短くなる。単純に計算しても、四倍なら四分の一と考えると、四千弱ならもって半月ということになるね」

「でもそんなにずっと籠城なさるおつもりではないんでしょう？」

「それは、もちろん」

ナリスはカイに命じて、車椅子をおさせ、ゆっくりと四方の窓をまわりながらその下の市街と宮城のようすを見下ろしてまわった。

「聖王宮の内部のそこかしこで、かなりあわただしい気配が感じられる」

そっとかぼそい、だが魔道の能力を多少なりとも秘めたきゃしゃな手を窓にかざすようにしてつぶやく。

「近衛騎士団の出動だけではなく、むろん、王室騎士団にも出動要請は出ているのだろうが……護民騎士団はロイスが責任をもって、私につくと断言してくれたからたぶんこちらの味方だ。……だが、とにかくいま一番こちらの弱味は、騎士や歩兵や、籠城のための備蓄よりも、武将の少なさだね」

「はい、ナリスさま」

「私がこの状態だから……ほんとにあなたとルナンが間に合ってくれて私はほっとした。そうでなければもう、どうにもならぬところだったよ」

「私でお役にたつことならばなんでも」

リギアは凛々しくいった。

「白兵戦でもなんでもいといはいたしません。でも当分はまず籠城戦ですのね」

「最低限この一両日はね。リーズは最悪間に合わなかったとしても、その分、アムブラを動かしてくれるよう言い含めてある。聖騎士のなかにも多少はこちらに同調してくれそうなものはいた？」

「かなり、いると思います」

リギアにかわってルナンが答えた。

「かなりの者は半信半疑のようなようすでしたが、もしも国王が事実上キタイの手先となっていることが判明すれば、パロのため、間違いなくナリスさまにお味方するであろう、と答えたものも何名かおりました。ただ、オヴィディウスのことは、かなりひっかかっているようです」

「オヴィディウスのことはどのように？」

「聖騎士たちのあいだでは、オヴィディウスはひそかに暗殺されたのではないかというわさが流れています。そしてそれが、ナリスさまのご命令ではないかという。……何をいうにもオヴィディウスがもっとも現在の聖騎士侯たちのなかでは、あたまかぶといっていい者でありましたからな。それがあのように唐突に行方不明になったとあっては、それは当然いろいろな憶測が流れぬほうが不思議というもので」

「それをすぐに私の暗殺と結びつけてうわさが流れてしまうあたりが、私の人徳のなさというべきだね」

ナリスは苦笑したが、そこにランズベール侯が入ってきたので、笑いやめてそちらに顔をむけた。

「情勢は？」

「国王より、近衛騎士団に対して、ランズベール城の東門を最終目標として、王室練兵場へ進軍せよとの命令が下ったとのことです」

ランズベール侯は厳しい顔でいった。

「近衛騎士団はいったんアルカンドロス広場に集結したのち、東大門よりふたたび入城し、ネルバ塔を迂回して王室練兵場へむかって進軍を開始しています。武装は第一軍装。そして、これは私のもとへ魔道師が連絡してまいったことですが、ベック公にただちに帰国命令が下ったとのことです」

「ベックに。それは当然だろうね」

「ただいま、アル・ジェニウスのご命令どおり、ただちにアル・ジェニウスのパロ聖王奪還宣言、そしてキタイの手先と堕落しはてた現国王レムス一世の告発状を大量に作成させております が、レムス国王側は国王布告として、『クリスタル大公謀反』の告知をアルカンドロス広場の告知板に第一報として出しました。恒例によれば、ここに告知された布告はただちに増刷されてクリスタル全市から、翌日にはパロ全土へまわされることになっています。われわれも急がなくては」

「一応、チラシはすでにまきはじめたから、多少はさきにそちらを手にいれてくれるものも、ことにアムブラにはいるだろうがね」

ナリスは考えながらいった。

「しかし、ということはレムス側はかなり早めに行動し、手をうったのだな。やはり、これはあまりいいたくもないことだが、我々のあいだに間諜が確実に入ってきているね。近衛騎士団がまっしぐらにランズベール城を目標にしているようすなのがその最大の証拠だ。私は最初、もう一日くらいは私がカリナエを出てランズベール城に入ったということは秘密に保たれるかと思っていた。だが、ひと晩しかもたなかった。カリナエに近衛騎士団がきたのは早朝だった。夜のあいだに密偵が張込んでいたのでないかぎり、内部に入り込んでいる間諜からの通報があったとしか考えられない。我々がここにくるまでに知られてしまったあいてはすべてヴァレリウスが始末してくれている」

「だがそれをいまあまりにもおそれていては動きがとれなくなります」

ルナンはつよい口調でいった。

「いまは、それをそれとなく目を配って警戒しつつも、信じて進んでゆくしかありますまい」

「それはもう、もちろん。……おお、ディノン、どうした。……心配はいらない、私の使っている魔道師だよ。ギールの配下だ」

空中からもやもやとあらわれた魔道師はナリスにかるく一礼した。

「王宮のなかには、あきらかに異常な動きが認められます」

ディノンとよばれた魔道師——一見してわかる、下級魔道師であったが——は告げた。

「レムス国王は、まだまったく自らが陣頭指揮をしようという気配はみせておりません。そのかわりに、ことの差配をマルティニアス聖騎士侯を最高司令に任命し、自らはヤーンの塔にこもっております」

「ヤーンの塔にこもって、だと？」

ナリスの声が微妙なひびきをはらんだ。

「さようでございます。……人払いを徹底し、数人の王室づき魔道士をつれて、ヤーンの塔にこもったきり、この反逆についての報告もまだ受けておりません」

「あやしいな」

ナリスは目をほそめた。

「と、いわれますと」

「ヴァレリウスか……リンダが、そこにいるのではないか？　そんな気がするよ」

「ああ……」

「ヤーンの塔か。……もうひとつ、ヤーンの塔といったら、ランズベール城からおそろしく近い。至近距離にある塔といっていい」

「さようで……」

「国王はいつからヤーンの塔に入ったきりだ？」

「昨夜から、と思われます。……けさがたには、一回、聖王宮でもろもろの報告をうけていたという情報がありますが、そのまままた戻っていってヤーンの塔に入ったものと……ヤーンの塔には、非常に強い結界が張られていると仲間が告げておりました」

「たぶん、間違いないね。ヴァレリウスは……もしかしたらリンダも、そこにいる」

「どうなさいますの？」

リギアがつよい口調でいった。ナリスはかろく肩をすくめた……といっても、ちょっとしか、肩はもちあがらなかったのだが。

「しかたないだろう。魔道をもって、魔道をうちやぶるだけの陣容はいま、うちの魔道師軍にはないよ。……ディノン、ギールはいつごろこちらに戻れそうか、連絡はあったか？」

「まだございませんが……しかし、あすあさってには」

「あすあさってか……それまで、もつかな」

思わず、ナリスは口のなかでつぶやいたが、誰にもきこえぬほどの小声でしか云わなかった。

（アルノーはイシュトヴァーンへの密書をもってトーラスへたち、まだ当分は戻れまい。……ギールではかなりその魔力がこころもとないにせよ、そのギールでさえ、草原のスカールのもとに派遣されていて……戻ってくるのはせいぜい早くてあさってか。……なおもずっと私が気になっているのは……ギールが、自分のかわりに、といって残していったタウロとかいう一級魔道師が、そのままどういうわけか行方不明になっていることだ。……おかげで、私の手元にのこされているのは、一番上でこのディノンのような下級魔道師ばかり。……一刻も早く魔道師ギルドから、魔道師たちを派遣してもらう交渉が成立せぬことには、私は……私のたたかいは、世のつねのたたかいではありはしないのだから……）

(ヴァレリウス……どうしている。とらわれ、キタイの手先の手におちて……むごい目にあっているのか？　かつてランズベール塔にとらわれた私のようにか……？　無事でいてくれ、ヴァレリウス——お前がおらぬと、私はこんなにも……)

ナリスは激しく、くちびるをかみしめて、その思いをふりはらうようにつややかな黒髪をふりやった。

「ともかく魔道師がらみの問題はいまここでいろいろ考えていてもどうにもなるものではない。それよりも、最前までに諸方から入った報告によればだ。聖騎士侯ワリスは予定どおり二百の聖騎士団をひきいて領地からクリスタルに向かっている。これは西からくる。……そして、カレニア義勇軍は、リュードから出してもらった要請にこたえて、早速進軍を開始し、クリスタルをめざした。これが現在のところのわがほうの最大の希望だ。カレニア義勇軍は全部で七千。……これがクリスタルに近づくまでもちこたえられれば……国王がたも、ランズベール城にすべての兵力をむけていることができなくなり、カレニア義勇軍に対しての兵を割かなくてはならなくなる。……そう、アムブラの決起も忘れてはならない。これもかなり私はあてにしているのだが……そして、そのあいだには、順調にゆけば、まずサラミス公騎士団が、そして次にカラヴィア騎士団が……そして、さいごにはスカールひきいる騎馬の民がクリスタルにせめのぼってくる。それまでこちらがもてば——我々にも勝機はある……ただし」

「ただし……」

「国王がたとても、ベックも戻ってくるし、国王騎士団も動く。……最大の問題は、聖騎士団がどのような動きをみせるかだ。聖騎士団はいまのところ、マルティニアスが国王の手足として動いており、ルナン騎士団が私のもとにある以外には、あまりはっきりとした分裂の動きをみせていない。できれば、聖騎士団は、聖騎士団としての団結を保ちたいと考えるだろう。……そのさいには、聖騎士侯どうしでの議決になると私は考えている。ワリスが戻ってくれば……いずれは長老としてダルカンが議決をとることになるだろう。そして、聖騎士団が国王につくか、私につくかを決定した時点で……そのときに、どのていど私の味方がクリスタルに入っているかで、帰趨は決する」

「おお」

リギアは思わず、口のなかでつぶやかずにはいられなかった。

「それでは、思ったほど、分のわるい絶望的なたたかいというわけでもないんだわ、有難いことに。——おお、ヤーンよ」

「そうだよ、リギア」

ナリスはききとがめて、うすく笑った。

「私は臆病なのでね。そんな、勝機の皆無なようなたたかいにのりだすほど無謀ではないよ。……おお、ちょっと待って。あれはなんだ」

「どうなさいました」

「あれはアムブラの方角だと思うのだが……かなり大量の群衆が、動きだしているような気配を感じるよ。ディノン、どうだ」

「ああ、はい。——御意にございます」

「アムブラの上空に、大勢の人の暈気《うんき》のようなものを感じる。……かなり大勢の群衆が集まって、そしてたかぶっていないとあの暈気は出てこない。……アムブラは、動くようだね。リーズと……たぶんヨナとラン、ヌヌスが煽動してくれたのだろう。リュイス、誰か斥候を出して、アムブラのようすを見させてくれないか。ただしヤヌス大橋は迂回して。もう近衛兵がかためているだろうからね」

「かしこまりました。ただちに」

ランズベール侯はただちに伝令をよびよせて斥候に走らせるべく出ていった。リギアはつと、聖王宮を見下ろす、南の窓に寄った。

「聖王宮もなんだか、あわただしくひとが出入りしている気配が見えますわ」

彼女はいった。

「騎士の門のほうへ、いま、かなりの人数の騎士団が騎馬で走ってゆくのが見えました」

「どこの騎士団だったかわかる？」

「王室騎士団だと思います。……銀色と赤でしたから」

「騎士の門からまわりこんでランズベール城の西側を包囲する兵だとまずいな。いまは西にはあまり大勢をおいてない。ルナン、ルナン騎士団を何部隊か西門にまわらせてくれ」

「心得ました」

「おかしな話だ。これほど、敵の本営そのものと近いところで——それこそ敵の本拠たる聖王宮を頭の上から見下ろしながらするいくさなんて、どんな歴史のなかでも兵法書でもめったにきいたこともないよ」

ナリスはかすかに笑った。そしていくぶん疲れたようすで手をのばすと、いそいでカイが持たせてやったカラム水でのどを湿した。

「だがそのおかげで、敵の動きはあるていど見てとれるだけは助かる。……だがそれもあまりに安心しすぎていると逆用されるだろうな。特にランズベール塔で不安なのは、聖王宮とのあいだに抜け道があるという、あの話だな」

「大丈夫ですよ」

戻ってきたランズベール侯が笑いながらいう。

「そこはもう、最大の懸念ですから、そこはまっさきにしっかりとかためさせ、閉鎖させて、間違っても抜け道から敵が入ってくるようなことのないようにしています」

「ということはやはり伝説の抜け道はいまなお健在だということだね」

ナリスは苦笑した。

「おかしな戦いだ。だが、ということは、もっと伝説の……ランズベール塔からヤヌスの塔へも抜け道があるはずだというその話も……もしそれが本当なら、私のほうは願ってもない……」

言い掛けた、その瞬間だった。

ふいに、ナリスははっと身をこわばらせた。

「なんだ、この地響きは？」

「え？」

リギアは目をほそめた。

「地響きですって……あたしには何にも……」

「感じるのは私だけか？　ディノンは？」

「感じます」

下級魔道師は緊張したおももちになった。

「これは……戦車の出動と思われますが」

「戦車？」

ナリスは肩をすくめた。

「ばかなことを。クリスタル・パレスの内部で、戦車を？　そんなことをしたら、パレスそのものがうち壊されてしまうだろうに……」

「ナリスさま！」

ふいに、かけこんできた小姓の悲鳴のような声が、ナリスのかすれた声をさえぎった。

「南門から……南ランズベール門から敵襲であります！　国王軍の近衛騎士団、その数およそ五百がロザリア庭園を背に、南ランズベール門周辺に密集しております！　敵は戦車にのせた破城槌を持出し、南ランズベール門を破ろうと……」

「南門からきたか」

ナリスは落ち着いていた。

「落ち着け。うろたえるな。……どうせいずれ、どこかからくるに決まっているんだ。リギア！」

「はいッ！」

「カレニア衛兵隊三個中隊を指揮して南門へ！」

「はいッ！」

リギアがかけだそうとした瞬間だった。

どどーん――

大地をゆるがすような打撃と、そして轟音が、ランズベール塔をふるわせた！

第二話　動悸

1

戦乱、勃発——

それも、パロの誇る、クリスタル・パレス内で。

クリスタル・パレスが戦火にふみにじられたのは、あのおそるべき黒竜戦役のモンゴールの奇襲以来のできごとである。

どどーん、どどーん——

たてつづけにきこえてくる破城槌の音をききながら、ナリスはいそいで、カイに命じて南側の窓へ車椅子を押してゆかせた。

「近衛兵五百といったが、もうちょっとうしろにもひかえているようだな」

冷静に見下ろしながら評する。すでに命令をうけたリギアは飛出していた。破城槌の音にどぎもを抜かれたのは一瞬であった。

「無法な！」

吐き捨てるなり、剣をひっつかむ。

「いってまいります、ナリスさま。南門の守護は、このリギアにおまかせあれ！」

「おお、頼むよ」

リギアを見送って、さらにナリスは伝令をよんだ。

「東門を守るランズベール騎士団に、ただちに動けるよう兵を二百、割いて後衛におろせといってくれ」

「かしこまりました」

「私から命令がありしだい南門の増援へ」

「はいッ！」

「まだ、北大門のカレニア衛兵隊の残り半数は城内へは入らせませんので？」

いくぶん心配そうにランズベール侯がいう。ナリスは首をふった。

「かれらはぎりぎりまで城内へはいれない。ランズベール大橋は死守したい。ここのはね橋をあげれば本当にわれわれはランズベール城で孤立することになる。……このあとあちこちから援軍がやってくるのだから、その入城ルートは残しておきたいね。また、私がうって出るときにも、ランズベール大橋は必要だ」

「ええッ」

ランズベール侯は仰天して、思わずナリスを凝視した。

「いま、なんといわれました」

「私がうって出るときにも、といったよ。なんだ、予想していなかったのか、リュイス？まさか、この反乱軍の総大将が、このままここにこうしてたてこもって、塔の上の姫君よろしく上からああしろの、こうしろのと指図しているとは思わなかっただろうに？」

「で、で、でも、ナリスさまは、そ、そのおからだで……」

リュイスは仰天のあまりどもった。ナリスは笑った。

「私は、クリスタル大公だよ。いや、いまとなってはパロの聖王アルド・ナリスをかりそめにも名乗る身だ。たとえ片足どころか両手両足が失われていようと、みずから陣頭に立ってたたかいのさいはいをふるわなくてどうする。……なに、心配はいらない。私は待っているんだ」

「何を……でございますか」

「その連絡さえつけば、私も本当に助かる、という連絡をね。……それさえ、なんとかなれば本当に、私もかなり勝機が読めるのだが……」

のこりはまたナリスの口のなかに消える。だが、ナリスのおもてには焦慮の色はなかった。

「リーズ聖騎士伯よりの伝令でございます」

伝令がかけこんでくる。

「おお、リーズはどうした」

「ただいま、アムブラより——アルカンドロス広場めざして決起したアムブラの民その数およそ数百名もろとも、おのが聖騎士団の人数とともにヤヌス大橋のたもとで近衛騎士団とにらみあいがはじまっております。近衛騎士団はまだ、国王から、一般国民には手を出すなとの命令をうけているようで、槍、弓矢、剣などの武器は使用せず、棍棒で集結する民衆を排除しようとしております。リーズ聖騎士伯は近衛騎士団をなまじ刺激することになってはとおそれ、民衆のうしろに入ってまだ手だしはせずにおられるとのご伝言です」

「やはりね」

ナリスは冷徹にいった。

「いかにレムスが横車をおすとも、まっこうからパロ国王がパロの民衆にたいして掃討を開始するのはよくよくのことだと思っていたよ。……だからこそ、一刻も早くアムブラに立ってほしかったのだ。そのリーズの判断は正しいよ」

「なお、ロイス長官がじきじきにひきいる護民騎士団がアルカンドロス広場に到着し、まわりをかためております。その数およそ二千であります」

「二千といえば、護民騎士団のほぼ総数にひとしいな」

ルナンがつぶやいた。

「ロイスは、大丈夫かな」

ナリスはルナンのほうにちょっと顔をふりむける。

「たぶん、あれだけ血判もおしてくれたし、裏切るやつではないと思うのだけれど……いきなりこういうかたちで近衛騎士団をあいてにすることになるというのは……ロイスはともかく、騎士団の騎士たちが納得するかどうかが……やはり、私が直接出てゆきたいところだが

「……」

「まだ、早すぎましょう、ナリスさま。ナリスさまがそのおすがたをさらされるのはさいごの切り札ですから」

ルナンはうっそりと云った。ルナンはいまとなっては数少ないアルシス－アル・リース内乱の生き残りだ。それも破れたアルシス王家にただひとりくみした聖騎士侯として、そののちずっといわば冷や飯食いに甘んじてきた。そのあいだにとことん胆力もすわったのだろう。それにもう老齢である。いまさら、おしむいのちもないかのように、ぴたりとナリスによりそってかたときもはなれない。

「そうだな」

ナリスはちょっと考えこんだ。だが決断は早かった。

「伝令。リーズのところへいってくれ」

「はッ！　ご命令は？」

「ロイスの護民騎士団がもしアムブラの民衆に合流し、近衛騎士団にたちむかうようすがみえたら、ただちにそこをひきあげ、北大門にまわりこんでランズベール城に入ってくれるようにと」

「かしこまりました。ただいますぐ」

伝令が走り出てゆく。ナリスはふと、目をほそめ、耳をそばだてた。

「破城槌の音がやんだ。かわりに、ときの声がきこえる」

「あ……そういえば……」

「リギアたちの軍とのあいだにこぜりあいがはじまったのかな。カイ、ようすを見て」

「ランズベール門付近で戦闘が」

カイは窓から身を乗り出さんばかりに見下ろした。

「こちらはしかし門を開いてうって出てはおりません。南門になわばしごと手かぎをかけてよじのぼろうとする近衛歩兵たちを、上からねらいうちに矢で射ています」

「そうか。どうだ、まだ増援は必要なさそうか」

「いまのところは大丈夫でしょう。城門の扉はきわめて高く、おそろしく頑丈です」

ランズベール侯が誇らしげに云った。

「私は破城槌くらいでは心配しておりません。たとえ破城槌で何十回となく打続けようとも、城門は……いや、ランズベール城のすべての門扉はなにしろ厚さ一タッドにも及ぶ重たい鉄の一枚扉です。なかなかに、うちこわせるものではございませんよ」

「かえって扉よりも、石垣のほうがもろいかもしれないね」

ナリスは笑った。

「なんの、なんの。何のためにランズベール城が、難攻不落、決して囚人が脱走できぬ地獄の城と仇名されているとお考えです。石垣のなかには鉄棒がくまなく縦横に通されています。名軍師アレクサンドロスがありったけの叡智をこらして作り上げたといわれるこのランズベール城、たいていの攻撃には陥ちはいたしませんよ」

「それはもう。だからこそここに籠城しようという計画をたてたのだからね。だが忘れてはいけない、リュイス。城というものは、外から力づくでこられればどれほど強靭にたちむかえても、内側からあけられればひとたまりもない。このことだけは忘れないでおきたいものだ」

「落ち着いておられる」

そっと、ルナンはつぶやいた。その老いた顔は、戦況など何の関心もないかのように、ひたすらナリスの青白い、だが冷静な顔にむけられていた。

（それに、なんだか……おかしなことだが、マルガで静養なさっていたころなどより、別人のように——生き生きとなさっておられる。……おからだの具合までも、こころなしかいつもよりおよろしいようだ。ずっとお座りになっているのに、それほど辛そうなお顔もなさらない……所詮このかたは、軍神として生きることしか知らぬかたなのかもしれぬ。……どれほどたおやかに、貴婦人のように見えようとも、片足をうしない、病の床に伏そうとも——このかたはルアーの申し子だ、ルアーの子なのだ）

ルナンの老いた顔はいくぶん紅潮し、その老いの一徹の目にはかすかに涙がうかんでいた。

だがナリスは、リュイスの感嘆同様、ルナンの感慨にもかまっているようすはなかった。

「どちらにせよ、破城槌は、おどかしだろうと思っていたよ」

ナリスはまた破城槌の轟音がひびいてくるかどうかと耳をすましながらいう。

「さいごに一気につきやぶるときでなければ、かえって、破城槌が出動することは、包囲する側にとってもそれが動いているあいだは、危険で攻撃に入れないのだから、それほどの効果はのぞめない——そう、アレクサンドロスの兵法書にあったのを覚えているよ。私はなんらかのかたちで国王側から、私にたいして、反逆者への告発がまずあり、それから実力行使ということになるだろうと考えていたのだが、たぶんあの破城槌がそのかわりだったのだろうな」

「そのかわり、アルカンドロス広場には布告状が張られたそうで」

「リギアは苦戦しているというわけではないが、兵を交替させてやったほうがよさそうだな」

上からまた見下ろして、ナリスはつぶやいた。

「伝令、待機中の部隊から、二百人の後衛を南門にまわらせろ。別の者、リギアにいって、部隊の半数をうしろにさげ、増援のランズベール騎士団と交替させろ。さがった部隊はそこでそのまま戦闘準備のまま待機のこと」

「かしこまりましたッ」

「ただいますぐ!」

作戦本部と化しているこの塔の部屋には、常時何人もの伝令がナリスの命令をまっていつでも飛出せるよう、じっとひかえている。ナリスはふと、眉をよせた。

「妙だな」

「どう……なさいましたので」

「いくさの物音がやんだ。……近衛軍のほうは、門のまわりに陣を張っているのは同じだが、門にとりつくのをやめたらしい。これも、何かのワナかな」

「そういえば、確かに……」

「しずかになった」

ルナンとリュイスも顔を見合せた。そのとき、ようすを見に下へおりていた、魔道師のディノンがすべるように階段をあがってきた。

「ナリスさま。いったん、近衛騎士軍も、それから東大門にむけて王室練兵場に集結している近衛騎士団の主力も――すべて、命令が出たらしくいったん動きを停止いたしました」

「動きを停止」

ナリスのおもてがひきしまる。

「はい。……使者がたてられ、門の外で白旗をふっております。国王よりの書状のようです」

「なるほどね」

ナリスは苦笑した。

「まず、かるく叩いておいてから、挨拶をしようというわけだね。……ディノン、受け取ってくるように。ただし、門の外でだ」

「うけたまわりました」

ディノンが消え失せた。どっとかるいさわぎのようなものが室の外でおこり、扉をあけて大股に入ってきたのは、カルロス聖騎士伯であった。ルナンの子飼いの聖騎士伯である。

「遅参つかまつりました。ただいま、北大門より無事、入城いたしました。これよりはおそばにて、わがアル・ジェニウスの剣としてお仕え申上げますぞ」

「有難う、カルロス」

「聖騎士たちを一人でも多く説得したくて手間取りました。が、そのかいはございました。……ミースとギリウスが、こちらについてくれることになりました」

「本当か」

ナリスのおもてが輝いた。

「ギリウスはたしか、若手にはきわめて信頼あつい聖騎士伯だったね」

「さようでございます。それぞれ、ただちにおのれの聖騎士伯騎士団のうち、従うものをひきいて、北大門にまわりこむと言明しております。うまくゆけば、二つの騎士団と、それに若手武将が二人、お味方に」

「何よりだよ、カルロス。素晴しい働きだ。……で、聖騎士宮のようすはどう」

「きわめて緊迫しております。もう、ランズベール城に籠城されたナリスさまと、そして国王とのあいだに内戦の火ぶたが切っておとされたことは、すべてのパレス内にあまねく知れておりますが、しかしことに聖騎士宮のものたちは、どちらにお味方するとただちに決めかねて去就に迷っております。……国王からもまだ聖騎士宮にただちに武装して集合せよとの命令が参っておりません。国王は、近衛騎士団と王室騎士団だけでことが鎮圧できる、と考えているのではないかと思います。反乱の範囲がわからなければ、ランズベール騎士団とルナン侯、それに少数のわれわれだけがお味方だと考えればそれはまあ、近衛騎士団の数は圧倒的に多いこと、最強を誇る聖騎士団を動かすまでのこともありませんから」

「それに聖騎士団には、独特の倫理と論理がある。動かすには、それなりに手続きや、納得させるだけの命令のしかたがいるからね」

ナリスはかすかに冷笑的に笑った。

「さようです。すでに、ルナン侯とリーズ、それに私がついている、ときいて、聖騎士宮は多少ゆらいでいます。ルナン侯から国王がキタイの侵略をうけているかもしれぬ、というお話をきいてますます、聖騎士たちは判断に迷っています。もしそうならば、国王といえどもパロの守護神たる聖騎士団が放置しておくわけにはゆかぬ。だが、それほど重大な告発ならば、ぜがひでも、その動かぬ証拠をみせてほしい。たしかにクリスタル大公のお人柄と才知を存じ上げているゆえ、そのおことばとそのご判断をむげに疑うわけではないのだが、しかしことはあまりに重大——私がきいてまわったあたりの聖騎士たちは、みなそのような感じで、ともかくも、もし国王から進軍命令が出たときには、その問題の決着をつけてからでなくては進軍に応じることはできぬ、という雰囲気も私が出てきたときには、出来上がりつつありました」

「素晴しい」

ナリスはうなづいた。

「それこそ、私の願っていた以上の素晴しい展開というものだよ。おお、ディノンが戻ってきた」

「ナリスさま」

魔道師は、手に、筒状の容器にいれた書状を持っていた。

「使者が、これをナリスさまにじきじきにと」

「あけてみろ」

ナリスは手をふれようとしなかった。用心深く命じる。ディノンはこれも用心しながら容器をあけ、なかから筒形に巻いた書状をとりだした。

「目をとおし、読上げてみよ」

「かしこまりました。失礼いたします」

ディノンはさらさらと書状をひらき、さっと読み下した。それから、低いがはっきりとした声で書状の内容を読上げた。

「反逆せるわが従兄にして義兄たる、クリスタル大公アルド・ナリスどのへの親書。

貴殿の逆心あるはかねてより種々の言動により余には明らかなり。本日のランズベール城籠城、ならびにわが召喚に応ぜざりしをもって貴殿の反逆の志は天下に明白たりとされたり。なれども貴殿はわが義兄にしてかつての摂政後見、きわめて深きえにしある骨肉なれば余はあえて許すべからざるこの反逆にさいし、なおも一片の情理をとどめられる貴殿に要請するものなり。無謀かつ根拠なき反逆の志を捨て、唯一正当なるパロ聖王のもとに降伏せられよ。

貴殿の妻にしてわが姉なるリンダ大公妃はわが宮中にあり、貴殿の反逆にいたく心を痛め居たり。弟として余は姉の苦衷を見るに忍びず。また貴殿の推挙せし宰相たるヴァレリウス伯爵も貴殿の反逆にさいし深く苦悶しおるなり。かれら同胞の衷心の情にかんがみ、余もまた多大なる慈悲の心によりてこの反逆にのぞまんと自らに決しおれば、おそるることなく余がもとに剣をすて、白旗を掲げられよ。それこそはパロにならびなき信望あつきクリスタル大公アルド・ナリス王子にふさわしき思慮ある行動と申すべく、また貴殿の詭弁に惑わされ、貴殿の味方につきし人々へのまことの慈愛ある指導者の選択と存知するなり。

重ねていう、反逆大公アルド・ナリス、余がもとに降伏されるべし。ただいまならば遅からず、余は仁慈の心を持ちて余が義兄の愚行をさしゆるし、それをもちて余が統治へのもっとも苛烈なる糾弾と自省の念をあらたにし、こののちの自戒となさざるべからず。反逆大公アルド・ナリス王子どの、パロ聖王レムス一世記す。御名御璽の捺印がございます」

「………」

ナリスは注意ぶかく、ひとこともききもらすまいとするかのように耳をかたむけていた。

それから、ゆっくりと手をのばした。

「ディノン。手紙そのものに何か、魔道の罠の気配は感じるか?」

「いえ。私に感じられますかぎりは、これはただの書状でございます」

「よろしい。ではそれを私に」

ディノンから、書状をうけとると、ナリスはもう一度じっくりとそれを読み下した。きわめて時間をかけ、ていねいに、行間に隠されたどんな意味も見逃すまいとするかのように一行づつ読み下してゆく。それから、ナリスは不自由な手でゆっくりとその手紙をまきおさめ、筒形の容器の中にしまいこんだ。

「なるほど」

かすかな苦笑を口辺に漂わせながら、ナリスはじっと彼の反応を待っていた人々に云った。

「これから多少の茶番をはじめなくてはならぬらしい。……それにしても、まずいきなりこうくるとはね。……リンダ大公妃はわが宮中にあり、貴殿の反逆にいたく心を痛め居たり、か。……ヴァレリウスのことまでも」

「それは……こういうことですな」

ランズベール侯がひげをかんで口惜しそうにつぶやく。

「リンダさまも、ヴァレリウスも——国王の手のうちにあるぞ。すなわち、人質になっているぞ、という」

「まあ、そういうことだ」

ナリスは冷静にいった。

「それはもう、そこに監禁されているということは最初からわかっていたことだが、にしてもこれほど最初からそれをはっきりおもてにおしたててくるとはね。たぶんこれがキタイ流のやりかたというのだろうね……少なくともパロ聖王家の流儀じゃあない。聖王家の」

「リギアさまが、いったん、近衛騎士団の攻撃がやんだので、南門をマイロン隊長にまかせ、ナリスさまのおそばに戻ってもよろしいかどうかとおたずねになっておられますが」

伝令が入ってきて膝をついた。ナリスはうなづいた。

「よいだろう。たぶん、きょうのところはいくさはいったんお休みだよ。これからしばらくは、あれやこれやとかけひきがはじまるのだ。……そうなるかもしれないとは思っていたけれどもね。まず、破城槌でおどしをかけ、一気におしつぶそうと思えばここまでやるぞ、というようすをみせておいて、それから、こんどはいったんひいて、交渉に入る……その意味では、確かにきわめてパロ的なる戦闘といえなくもないね。ただしそこに人質がでてくる点において、にわかにキタイ流、竜の流儀といわざるを得ないことになるが」

「リンダさまは、いったいどんな目に……」

リュイスが暗澹とつぶやいた。ナリスは首をふった。

「私は、リンダのことはあまり心配していない。いや、むろん心配していないわけじゃないけれどもね。でも彼女は王姉で、そして第一王位継承権者だ。そしてまた彼女は国民にパロの真珠と深く愛されている。彼女にちょっとでも危害を加えることがあれば、そのときがレムス国王のおしまいだよ。……だが、私が心配しているのは……」

ナリスのことばが、いくぶん力を失って口のなかで消えた。

「私が心配しているのは……ヴァレリウスだよ」

だが、ナリスは力をふりしぼるようにして、みずからの感じている苦痛をこらえるように言い直した。

「たぶん、ヴァレリウスは……魔道をも封じられて、ヤーンの塔にいるといったな……おそらくは、反逆にくみしたものの名をすべてあかせとひどい拷問をうけているだろう。国王がたのもっとも知りたいのはそこのところだろうし——たとえどのような魔力をもちいても、間諜がいても、そこのところだけは——よほど重大なそれこそ血判をかわした同志のなかに裏切者がいるのでないかぎり、それだけはなかなか知ることはできないだろうからね。むろん、ヴァレリウスは口を割ったりはしないだろうが、そうであればあるほど、酷い目にあわされることになる。……それに、ヴァレリウスにたいしては……もともとが、国王の股肱だったという——裏切者だ、という気持があるだけに、国王にせよ、その側近たちにせよ……扱いはむごくなるだろう……」

「ナリスさま」

リギアが息をはずませながら入ってきたのをみて、ナリスはぴたりとその話を中断した。気をそらせるかのように微笑をうかべてリギアをむかえる。

「有難う、リギア。とりあえず緒戦としては十分すぎるほどだったよ。どこにも、怪我はない？」

「怪我なんて」

リギアは鼻でわらった。

「近衛兵たちのへろへろ矢なんか、あの高い石垣をこえることさえできずに途中で落ちてゆきましたわ。国王の書状はなんとありましたの」

「降伏せよ、こちらにはリンダとヴァレリウスが人質にいるんだぞ、とね」

「まあ」

きわめて雄弁な声でリギアはいった。だがそれ以上何もいおうとはしなかった。

「この手紙ではアドリアンのことはいってないが、ここでアドリアンも人質扱いしてしまえば、カラヴィア公を激怒させると思うだけの分別はかれらにもあるんだろうな。まあいい。よし、ただちに返事とゆこう。少々、私には交渉をうだうだと長引かせておきたいわけがある。ちょっと、脳味噌をふりしぼって返書を書くからね。たぶんこの返事がとどくまでは国王がたも何もしかけてこないだろう。私は一階下でカイに手紙を筆記してもらうから、みなはここで、ちょっと休みながらようすをみていてくれ。むろん、何かちょっとでも情勢に変化のきざしがあったらただちに呼びにきてくれるように」

2

それはある意味、奇妙な、いくさのまったただなかのしずけさであったかもしれぬ。

近衛兵たちがランズベール城を攻撃するのをやめ、ロザリア庭園周辺にいったんひきしりぞいて休息をとると、あたかもそんな内紛など何ひとつおこったことさえないかのように、クリスタル・パレスはたちまち、しずけさをとりもどした。

もっとも、いつもの、平和と繁栄にみちたしずけさとはあまりにも違っている——それは、緊張と、いつなんどきこのしずけさが絶叫か悲鳴か轟音によって破られるか、というおののきを秘めたしずけさでしかなかったのだが。

だが、それにしてもひっそりとクリスタル・パレスは静かであった。ロザリアの園の青いロザリアも、そして大庭園に咲き乱れる無数の色とりどりの花々も——カリナエの踏みにじられた真紅のルノリアをあざけるかのように、風ひとつないひっそりとおだやかなクリスタルの午後に花々は咲きにおい、そして宮廷につかえるひとびとはなにごともなかったかのように行き来している。だが、よくみれば、それは日頃のパレスとは似ても似つかない光景である、ということが一目瞭然であっただろう。

まず第一に――ロザリアの園周辺を埋めつくしている近衛騎士団の群がなくとも、いつも庭園周辺を散策したり、そぞろ歩いたり、用ありげに往来している、宮廷の貴婦人、貴顕淑女のきらびやかなすがたがひとつもない。

まるで、溺れかけた船から逃げ出すトルクのように、貴族たちはまったく姿をみせなくなってしまったのだ。むろんいなくなったわけではなく、みな聖王宮周辺や、それぞれの居住区などにかくれて息をころしているか、貴婦人などはそうそうにクリスタル・パレスを逃げ出しておのれのすまいへ逃げていったものもあるのだろうが。

だが、じっさいには、貴族たちのすまいは、北クリスタル区がほとんどだったし、そして北クリスタルからクリスタル・パレスへは、事実上、ランズベール大橋をわたり、ランズベール川をこさなくては入れなかったので、北クリスタル区は反乱軍が制圧したのとほぼ同じであった。といっても、ナリスはまだ、貴族たちの反感をかうことをおそれて兵を市中にさしむける行動はいっさいとってなかったのだが。

だから、北クリスタル区に戻ろうとして騒擾にまきこまれることをおそれるものは、家にもどることもできなかった。もう、西の騎士の門も東大門も国王騎士団や近衛騎士団が占拠するところとなっていたし、南大門にも厳重な見張りが立って往来のものをきびしくとがめ、チェックしていたからである。それで宮廷内に残らざるを得なかった貴族たち、貴族の女たちは、不安なままに聖王宮にあつまり、しかし聖王宮はいざたたかいが激しくなってくればまっさきに反乱軍がねらうところとなるであろうということもわかっていたので、ますます不安なままに、いざとなればどこに隠れればいいのか、とか、あえて大回りをしてでも自宅に戻るのと、何がおこるかわからぬ市中を通らないでここに隠れているのとどちらが安全か、とか、いたるところで取りざたして大騒ぎしていたのであった。

それにしても——

それは、まことに静かなる反乱であるといわなくてはならなかったかもしれぬ。

たとえば饗宴の最中に紅玉宮を襲ったあの血の惨劇や、またつい先日というよりほとんど時を同じくして、クリスタルをはなれること数百モータッドのトーラスでおこなわれた、あの酸鼻のクーデターのことを考えたら、このいまのクリスタル・パレスでおこなわれている反逆など、だれひとりとして反逆がおこっていることにさえ気づかぬくらいではないかとさえ思われた。反乱の総大将であるナリスはランズベール塔の頂上から、まことにしずかに、冷静に、声ひとつ荒らげることもなく——といってもナリスの声はどちらにしてもそんな、荒らげることなどとはまったく縁がなかったのだが——指揮をしていたし、破城槌が一瞬、ようやく騒然たる空気を宮廷にかもしだしたにしろ、それはすぐにやみ、そして緒戦では、運わるく矢にあたった近衛兵が数人かるい負傷をしただけにしかすぎなかった。死者も重傷者も出なかったし、それさえも、国王の使者が双方をおしとどめ、そして白旗をふって近衛騎士団のあいだから出てきたとたんに止ってしまった。

本当のことをいえば、誰ひとりとして、同じ同胞である、パロの国民どうしで相戦いたいものなど、いるはずもなかったのだ。いたとしたら——というか、戦うことに何のためらいももたぬものがあるとしたら、アルシス－アル・リース内乱以来のうらみをひきずってこの長の年月を生きてきたルナンくらいのものだっただろう。この古い伝統ある都に、長い長い歴史とともに生きてきたパロの、クリスタルの人々にとっては、パロ聖王家は身近な神、といった存在であり、そして宮廷はどこもかしこも数知れぬ思い出にみち、またそれぞれの血縁のしがらみや友人、知人がみちみちている場所であった。そのなかで、わけもなく、戦えといわれたからといって、やにわに刀をふるって互いの血を流せるものではない——ランズベール侯は怒り心頭に発していたから、目のまえにレムス国王がでてくればただちに刀をぬいて切りかかっていったかもしれぬが、そこに親友のネルバ侯があらわれても、仲のいいダーヴァルス聖騎士侯が出てきても、やはりそれほどナリスに傾倒しているランズベール侯でもただちにためらうことなく剣をぬいて切りかかる、ということにはならなかっただろう。ナリスのいのちが危険にさらされてでもいればともかくである。

ランズベール侯ほどに、ナリス側の筆頭であることが明確なものでさえそうなのだ。あとのものは、みな、きのうまでの友であり、仲間であり、盟友であり、同胞であるものたちが突然殺すべき敵になったのだ、といわれても納得できるものではなかったし、ナリスにたきつけられ、パロを救う——というかたい信念を持っているナリスがたでさえそうなのだから、ましてや、国王派といわれるほどに明確な立場のあるわけでもなく、ともかくパロ宮廷の臣下である以上、わけもなく国王にそむくことはできない、という程度にしか考えていない大多数の廷臣たち、武将たち、その下の騎士たちにとっては、これはまさに、まったく当惑させられる事態以外のものではなかった。

ことに、目のまえで劇的なクーデターがおこって、これまでの、かろうじて保たれてきたいつわりの平和を一気にくつがえした、というような大きなはっきりとしたきっかけがあったのだったら、まだそれなりに気持の切り換えもできようがあっただろう。だが、じっさいには、ナリスのカリナエからランズベール城への逃亡と籠城はごくごくひそやかにおこなわれたし、その途上の流血については——オヴィディウスとその配下の騎士たちの——むろん誰にも知られなかった。そして、カリナエが国王の手兵によって制圧され、封鎖された、ということも、宮廷びとたち、聖騎士たちは情報としてきかされて目を白黒したばかり——これまた、カリナエの小宮殿に一生を捧げてきた忠義な執事長のダンカンの無念の死や、うら若い忠義な小姓たちの惨死などは、クリスタル・パレスへはまったく伝わってはこない。宮廷のなかにいれば、いつものとおりに声をだしてよばわればただちにしゃれたお仕着せの小姓や侍女たちがやってきて御用をうけたまわりにちょいと膝をかがめて会釈をするし、熱いカラム水や甘い菓子や、よくひやしたカラム水でも注文のままにさしだされる。宮廷楽士のしずかな音楽のしらべさえ流れている。ロザリアの園まで出かけていって、そこにみちている近衛騎士たちを見ないかぎり、どこにも、戦乱勃発！　などを思わせる気配はクリスタル・パレスのうちにはないのである。

そのなかで、国王側か、大公側につくか、さあ、選べ、といかに迫られても、そんな切実な気持は持てるものではなかった。その上に、聖騎士団にとっては、パロ聖騎士団こそはパロの防衛のかなめ、武のかなめ、パロを守護する軍神たち、という誇りがある。おのれの帰趨がパロの命運を決するとなれば、あだやおろそかな軽々な動きはかなわぬ。また、若い聖騎士たちならばともかく、聖騎士侯、聖騎士伯に選ばれるような武将たちには、ただの単純な武人ではなく、パロの将来について真剣に考え、勉強し、うれえるものが大勢いる。というか、そういう人格面もともなっていなくては聖騎士侯にはとりたてられぬ。それゆえ、聖騎士団の幹部たちにとっては、聖騎士団が動く、というのは、決してかるはずみな、考えなしの選択によってはしてはならぬことなのであった。

(ここはやはり——様子見でしょうな)

(やはり侯もそう思われますか)

(それは当然だろう。もしナリスさまの主張が本当だとしたら、パロはたいへんな——未曾有の国難にまきこまれかけていることになるぞ。だが、もしもナリスさまの主張がいつわりだと……いつわりとはいわぬまでも、なんらかの誇張やあのかた一流の策謀があるとしたら、これまたパロを大きくあやまつことになる。これは、うかつには動けんよ)

(というか、聖騎士団は、当分——さいごのさいごまでは、動くわけにはゆきませんな)

隠居を願い出ている聖騎士侯の最長老、ダルカンのもとへ、事実上現在の聖騎士団の筆頭格のダーヴァルスをはじめ、タラント、ルシウス、ミース、ボースなどの若手聖騎士伯にいたるまでの、聖騎士団の幹部が集合し、いそぎ聖騎士団の去就をさだめる会議がはじめられたが、積極的にどちらかにつこうと云いだすものはまったくいなかった。

「正面きって、国王陛下から聖騎士団の総力をあげて反乱を鎮圧せよ、との命令が下った場合には、それにそむくも、無視するもまた叛徒となること。……それゆえ、聖騎士団の心をさだめるには、陛下からその命令が出るより前に、ともかくよくよく情勢を見極めておかねば……」

「むろんわれらはパロの軍神、いのちや犠牲をおしむのではない。……軍神なればこそ、われらが動いて、万が一にも大勢をあやまらせ、正義を誅してしまう結果になるをこそ、もっともおそれるのだが……」

正直のところ——

聖騎士団の幹部たちの気持は、あいまいである。

というよりも、あいまいである、ということ自体がかなり明白に、本当はクリスタル大公寄りなのである。もしそうでなければ、パロを守るという至上の任務の前に、最初から何ひとつ迷うことはなかったはずだったのだから。

だが、そうして様子をみなくては、という発言が出てくることそのものが、聖騎士たちが、（キタイの侵略だと——？　まさか……だがもし万一……）という、重大な危惧をすでにいだいてしまっていることでもあった。もしも万にひとつ、クリスタル大公の主張——それはすでに、大公の息のかかったものたちからかなりの程度宮廷に流布していたのだが——が本当であったとしたら、《パロを守る》ということは、すなわち、「国王を誅する」ことである、ということになる。

これほどに、聖騎士団を困惑させた事柄はかつてなかった。これがただの謀反や、お家騒動、アルシス‐アル・リース内乱の流れの、正当な血統の回復の訴えであったとしたら、まだしも、それぞれの思うところにしたがって対処すればよかっただろう。だがクリスタル大公の告発は、「国王その人がキタイの手先となり、キタイにのっとられている」というあまりにも重大なものであった。

それに、聖騎士団のなかには、魔道師の塔とあるていど懇意なものも少なくない。そういう連中は、位の高いものほど、魔道師たちと懇談する機会が多く、レムスが荒れ狂った時期に、「レムス国王には、キタイの魔道師が憑依している」というあのあやしいうわさについても話をきいている。

それがなければ、いかなクリスタル大公の告発といえど「なにをばかな……」ということで、すんでしまっただろうが――しかし、そのいわば伏線がすでにあっただけに、「もしかして……」「もしそうだとすると、すべてのつじつまがあうのでは……」という、根強い不安はたしかにクリスタル・パレスのなかにあったのだ。

レムスの、常軌を逸した行動。きわめて不安定な、かわりやすい機嫌と、激怒するとあとさき見ずに流血沙汰をまねいてしまうその狂気じみた怒り。そして、このところ、それはおさまってきたかわりに、とみに目立つようになったと人々にこっそり囁かれていた、なんとなくうちとけない、ひとを安心させせぬところ。

いまのところは、レムスは国王としては、かつての荒れ狂っていた最初のころよりもずっと安定し、その統治も、ずっと受入れやすい、理性的なものになってはいる。ことにアグラーヤの王女アルミナとの婚礼の大典をあげてからは、すっかり落ち着いたように見える。

だが、なまじそうであるだけに、「なぜ、この、平和がやっと訪れたかにみえていたいまになって、しかもあのクリスタル大公が……」という、あやしい疑惑は、クリスタルのひとびとの心を激しくゆさぶっていた。

（あのかたは……たとえおからだがどうなろうとも、頭脳だけは、かつてにもまして明晰なおかただ）

（決して、根拠のないこんな重大な告発をされるかたではない。しかも、あのかたは魔道大公、聖王家のなかでは誰よりも魔道にちかしい……）

（もしや、あのかたは何かあまりにも重大な証拠を握ったのでは……もしそうでなければ、あのようなかたがこれほどにすべてをなげうった反逆をたくらまれるだろうか……）

（すべてが、まことであるとしたら、現国王こそ、キタイにのっとられた怪物にほかならぬ……）

その、恐しい疑惑は、国王の統治する宮廷であまりおおびらには口にできぬ分、ひとびとのなかにうずまき、しだいにふくれあがろうとしている。

さらにそこに、ルナンやリーズや——またバラン司教やことにマール老公と、その腹心たちによる、ちょっと前からのひそかな執念深いささやきが、その疑惑をさらにあおりたてていたのであった。

だが、ことがあまりに重大である上に、あまりにもとっぴな疑惑とかかわっているがゆえに、また、言下に「パロのため、国王陛下に弓をひく！」という選択も、そうかんたんにできるものはおらぬ。

右せんか左せんか、どちらにしてもあまりにも重大な選択となってしまう——ということで、結局のところ聖騎士団は、強くおされて説得された数名以外のものたちはあえて動こうとしなかった。だが、それは、ナリスにとっては、あらかじめ予測していたよりもずいぶんと有利な展開であった。ナリスは、もっとはっきりと国王がたにつく聖騎士侯たちのほうが多いと悲観的に考えていたからである。だからこそ、聖騎士団はあてにせず、少しでもこちらについてくれるものだけを地道にふやしてゆきながら、主力はクリスタルの外にあるカレニア軍、そしてカラヴィア軍にのぞみをかけよう、と考えていたのだ。

だが——

（この、情勢のうごきは、なかなか意外だが助かる。……それに、ということは……パロの人々は、すでに、レムスにたいして、いささかの疑惑を抱いていた、そのくらい、レムスのようすは尋常ではなかった、ということだ……）

ナリスは、書きおえた返書を丁寧に何回か読み直し、さらにルナンとリギアとリュイスにも読ませた上で、正式の伝令にもたせて国王のもとにとどけさせるよう手筈をおえると、カラム水をはこばせて、つかのまのしずけさのなかでほっと息をついた。

「ナリスさま。お疲れではございませんか」

そっと、カイがよりそってくる。たとえこの世の終りがこようとも、最愛のあるじに熱い、好みどおりのカラム水をととのえてさしだすより重大なことはない、といいたげな、しずかで淡々とした態度だ。

「もうずいぶん、お働きでございます。だいぶん、お疲れになっているのでは。ちょっと、横におなりになったほうがよろしゅうございますよ」

「大丈夫だよ、カイ。私はいつもだいぶん、本当よりもかよわいようにみせかけていたからね。本当は、もう、ずいぶんとからだも回復しているんだから」

「そんなことはございませんよ」

カイはかすかに口辺をゆるめた。毎日の入浴につきそってナリスのからだのすみずみまでも清めてやり、その食欲の具合から、睡眠のようすまで、朝から晩までもともによりそっているカイは、おのれこそ、ナリスについては誰よりもすべてを知っていると自負している。

「確かに、そのようにみせかけておられる部分もおありなのは確かですが、それでも、おっしゃるほど回復なさっているわけでは。いまご無理をなさると、あとあとさしつかえます。次の返書がくるまでは、国王がたもおそらくは動くことはないかと思います。ちょっとでも、横になっておからだをおやすめになっては」

「そうだねえ……」

いくぶん、不平そうにナリスはいった。

「だが、ここから、本丸の寝室まで戻るのでは手間がかかりすぎる。ではこうしよう。かるく食事するから、そうしたらきっと目がまわるだろう。そのあと、ちょっと寝椅子を用意してもらって横になってやすむよ。そうすれば、ここにいてすべてを差配しながらでも休むことができる」

「そうして下されば、私どもも安心でございます」

カイは嬉々としていった。そして、さっそく食事の支度をさせに出ていった。

「カイは、ずいぶん、いい子に育ちましたのね」

リギアがそれを見送って感慨深げにいう。

「わたくし、あの子が八つ九つのころから知っておりますけれど、すっかりいい若者になって。あらためてああして見ると、本当に、無口でしっかりして、本当にナリスさまに心からいのちをささげている、忠義そのものの小姓の鑑のような若者ですのね」

「そうだね、リギア」

「もちろん、ナリスさまにはひとをそうさせてしまうだけのご器量がおありなのですけれど。それにしても、ナリスさまは、こう申しては何ですけれど、ご家来運がよろしゅうございますわ」

「かもしれないね。たぶん私がいたらないからだよ。だから皆がよってたかって私をこうして助けてくれるんだろう。ありがたいことだね」

何も知らずにきいておれば――

まるで、しずかなひるさがりの、マルガの居間で、大きくあけはなった窓の外ののどかな漁師たちの歌声にでも耳をなごませながらの、なごやかなお茶会の場での会話ででもあるようにきこえる。

だが、それは、決意をかためて国王に謀反した大公が、いままさに籠城しているその反逆の現場でのことばなのだった。リギアは一瞬、ちょっとめまいを覚えたように目をとじた。

「どうしたの、リギア」

「いいえ、どうも。私、ちょっと、気になりますので、その後何もかわりはないかどうか、城内の各門を調べてまいります。この手紙が万一にも、ナリスさまを安心させて、そのあいだに……という、あちらの手であったらたまりませんから」

「そうだね。私もそれは頼みたいと思っていたよ。では頼んでいいかな」

「おまかせ下さい。すべての門のようすをみて、ついでにカレニア衛兵隊にハッパをかけて参りますわ」

リギアはきびきびと疲れたようすもなく出てゆく。カイがかんたんな食事を小姓たちに運ばせて戻ってきた。

「ルナン、リュイス、あなたがたも食べて。でないと、もたないよ。いつ、また再開されるかわからないんだから」

「そうですね。ではお相伴させていただきましょう」

「私は、では、すませたら、悪いけれどちょっと失礼して横にならせてもらう」

「おお、お休みになって、お力を養われて下さいませ」

ランズベトール侯は気がかりそうに、たのみの総大将のかよわい白い顔を見守った。
「いくぶん、お顔が青いようだ」
「気分はいいですよ、リュイス。むしろ最高の気分だといってもいい。思ったよりも、いさ
さか有利にことをすすめることができるかな、と思っているのでね。……顔色のよくないの
はもう、あきらめて下さい。それに、もしそうだとしたら、たぶんそれは……」
ナリスはいくぶん口ごもった。
「いろいろと、気になっているからだろうね。人質の……人質の運命とかね。どんな境遇に
おかれているのかとか」
「ああ」
ルナンも、リュイスも、瞬間に暗いおももちとなった。あらためて、こうしているいまこ
の瞬間にも、ナリスの最愛の妻ともっとも深く信じる股肱とが、敵方にとらわれ、監禁され
ているのだ——ということを思い知らされたのである。
ナリスは、こらえかねたように、スープを口に運んでいたさじをおいた。
「すまないが、カイ、私をそちらの——休憩室に連れていってくれ。なんだか、胸がつかえ
るようで、もうのどをとおらない」
「えっ。もう」
カイは瞬間、顔をくもらせたが、ナリスの目をみると、黙ってうなづいて、車椅子の持ち
手に手をかけた。

「では、少しでもお休み下さいませ。そのあとでしたらかえって、ちょっと食欲がお出になるかもしれません」

「ああ」

ルナンたちに目礼して、そのままカイはナリスの車椅子をおして出てゆく。一階下の室に寝椅子を用意して、うす暗く目をやすめられるようにしてあった。外にでると、カイは屈強の近習にナリスを車椅子からかかえあげさせ、気をつけてその室へ運ばせた。

「お椅子の背もたれのおかげんはいかがでございますか？」

「ああ、本当に眠ってしまうわけにはゆかないから、あまり倒しすぎないで。……ああ、ありがとう、カイ、ユリアン。こうしているだけでも、ずいぶんと楽になるよ」

「できればもうちょっとだけでよろしいですから、何か召し上がっていただきたかったのですが……」

「大丈夫だよ」

ナリスは低くいった。

「それに……私など……たぶん、ヴァレリウスは……食事どころではない酷い目にあっているのだろうから……」

「あまり、ご心配なさいますな」

カイは心配そうに、つとナリスのかたわらにひざまづいてナリスを見上げた。

「ヴァレリウスさまは、あれで、きわめてお心のつよいおかた……その上、パロでは一応有数の魔道師のひとりです。たとえどのような目におあいになっても……きっとご自分で切り抜けられます。大丈夫でございますよ。きっと、なんとかご自分で切り抜けて、ナリスさまのもとへ戻ってこられます」

「有難う、カイ……優しいね」

ナリスはいいかけたが、ふいにおもてをひきしめた。まるで、何かの声がきこえた、というようなようすだった。

「ああ、カイ。……私の待っていた連絡がようやく訪れてきたようだ。ちょっと、はずして。ほかのものも」

「かしこまりました」

カイはすでに、あるじのこういうことばには馴れていた。クリスタル大公はまた魔道大公──当人も初級魔道師の資格をもつ、この魔道の都を象徴するような存在であるとよく心得ている。カイはいそいで室を出てゆくよう、ほかの小姓たち、護衛の騎士たち、近習たちにうながした。ナリスはただひとり、うす暗い室内に残された。

3

ナリスは、ただひとり、うす暗い室内にとりのこされ、じっと待った。

だが、長く待つまでもなかった。もやもやと黒いかたまりが壁からしみでるようにわき出して来、そしてそれはやがて、ふかぶかとフードをおろしたマントをつけた、魔道師のすがたになった。

「ロルカでございます」

「おお、お前だったのか。ロルカ」

ナリスはかすかに苦笑するように口もとをゆがめた。ロルカ魔道師はふかぶかとおもてをフードに隠したまま、ナリスの前に膝をついた。

「たいへん、お待たせを申上げました。……魔道師ギルドよりのお使いでございます」

「ちょうどいいときに間に合ってくれたよ」

ナリスは云った。

「これ以上魔道師ギルドからの連絡が遅れると、さすがの私もかなり苦しくなるところだった。……で、どうだ？」

「はい」

ロルカはすばやく手をあげて、結界をはりめぐらす印を結んだ。

「のちほど、あらためてカロン大導師より直接のコンタクトがございますが、とりあえず、当面のおそばづきとして、わたくし、ディラン、それにさらに三名のものが、それぞれ二十名の下級魔道師をひきいて、ランズベール城に常駐させていただきます。お城の一角に、私どもの詰所をお考え願えればさいわいでございます」

「ロルカ、ディラン、あと三人、それぞれが二十人……ということは、下級魔道師の軍団は百人いる、ということだね。これは、思っていた以上にひとを割いて貰えて、助かるよ」

「ヴァレリウスの件をご連絡いただき、早速私どもも調査いたしました」

ロルカはささやくようにいった。

「私どもギルドの魔道師のあいだでは、独自の心話の通路がございまして、相手が意識を失っていないかぎりは、そちらに念をむけさえすれば、いったん魔道師ギルドの一員となったものがどこでどうしていようと、その波動を感じないということはございません。むろん結界を張っていれば連絡はとれませんし、どこでどうしているかまではわからずとも、少なくとも、波動を感じなくなるということはございません。だが、ヴァレリウスにむかってわれわれ全員がきわめてつよい念を送り込んでみましても……ヴァレリウスはこたえませんでした。消滅はしておりません。ですから、いのちを断たれたということはございません。また、意識を失っていれば、それはそれで、意識を失っている、という手ごたえがございます。うまく申せませんが……眠っているか、意識を失っているときには、そういう脳波の波長が出ておりますので。……だが、ヴァレリウスに関しては、それもございません」

「——というと」

ナリスはつよい緊張をおしこらえるように低い声でいった。ロルカはうなづいた。

「ヴァレリウスが閉じ込められているのはおそらくヤーンの塔と考えられますが、その周辺一帯が、まったく——私どもの念波をうけつけません。きわめて強力なバリヤーがはられて、あのへん一帯を包んでしまっております。……そしてまたそのバリヤーが……きわめて異質なもので……」

「きわめて異質な……？」

「さようでございます。なんと申したらよろしいのか……パロで通常知られているようなどんな精神のパターンを示すものでもなく……というか、この中原にはありえないような……」

「待て」

ナリスはゆっくりと身をおこした。そして不自由な手でもかんたんに操作できるよう、手のすぐかたわらのところにつけてある、調節装置を調節して、寝椅子の背を起こした。

「それは、たとえば——キタイの、という意味か」

「と、申してもよろしゅうございましょうか……ただ、これまで、国王周辺を私ども魔道師ギルドのものがそれとなく見張っておりましても、ついぞ感じたことのないような奇妙な異

質な——そして不快な精神のパターンでございました。有害で——そして非常に強力な。そのバリヤーは、私どもがかなりの人数を集めて、総力をあげてみなくては、つき破れるかどうかわからぬほどのものですが、もしもそれをやってみると、かなり激烈な反応がクリスタル全市に及ぶかもしれぬほどのものでしたので、カロン大導師はいったん探査をとめるように申されました」

「わかった。まあいい……ヴァレリウスのことはまたあらためて大導師とも話し合おう。ともかく、お前たちが私づきとして動いてくれさえすれば——私はどれほど待っていたことか」

ナリスは思わず本音をもらした。

「ヴァレリウスがいなくては……私のたたかいなど、なかば以上魔道のたたかいなのだから。それがヴァレリウスなしでは、本当に手も足もでないとうろたえていたところだったのだ。ようやくきてくれて、本当に助かるよ、ロルカ」

「恐れ入ります」

ロルカはうっそりと云った。

「魔道師ギルドはこのたびのはこびについて、万事ナリスさまのなさりようにもろ手をあげて賛成しているとは申し兼ねますが、しかし諸々の事情をかんがみ、これもいたしかたはない展開であったかとは考えております。もしもこれほど急な展開でなければ、魔道師ギルドにもご相談をいただきたかったものと大導師以下のものたちは申しておりますが、この場合はやむを得ませぬ。……魔道師ギルドがもっともご賛成いたしかねるのは、オヴィディウス聖騎士侯の殺害でございます。オヴィディウス侯にはいかなる罪もございませんでした。……が、これも、魔道師ギルドの一員ヴァレリウスがナリスさまのお身の安全を守るべく手を下したことであってみれば、十二条にそむくといえどもこのさいは大目に見ぬわけにはゆくまいという結論となりました」

「有難き幸せ」

ナリスは低くつぶやいた。

「それで?」

「はい。……すなわち私がここに参っておりますことでもおわかりのとおり、魔道師ギルドは本朝の会議をもちまして、全ギルド一致のもとに——パロ国王、レムス一世はキタイの竜王、ヤンダル・ゾッグに侵略されており、すなわちパロは国王を通じてキタイの侵略にさらされている、という結論に達しましてございます。そして、魔道師ギルドの結論は、すなわち総力をあげてクリスタル大公アルド・ナリス殿下にお味方するもの、と」

「おお」

ナリスは云った。

「総力」

「はい。ことはきわめて重大であり、緊急を要する、とカロン大導師は結論いたしました。……以後は、魔道師ギルドは全面的にクリスタル大公の指揮下に入ります。ただいまさしむけられました魔道師軍団も、ご要望があれば、また必要とあればただちに増員いたすかまえでございます。それほどにわれわれはキタイの侵略と、キタイ王の魔道力を重く見ております。……こののち、私は魔道師の塔に戻ることなくただちにナリスさまのご身辺の警護につかせていただき、同僚と交替にて結界を張り直してナリスさまをお守りいたします」

「有難う。それをきいてかなり気が楽になった」

「それから、カロン大導師よりご進言が一つ」

「なんだ」

「このランズベール城にお入りになり、ランズベールの塔を作戦本部となさったのは、急場しのぎのことと心得ます。それはクリスタルにあるかぎり当然の行動ではありながら、ここはあまりにも、敵の本拠に近すぎましょう。――そしてまた、キタイ王は長年かけてクリスタル・パレスに罠をはり、おそらくはヤーンの塔、白亜の塔、女王の塔、クリスタルの塔などを多少はつくりかえて、キタイよりの魔力をとどかせるアンテナとしているものとわれわれは考えております。ここは危険です。ナリスさま――一刻も早く、クリスタルをおはなれいただきたいのが、カロン大導師の進言でございます」

「………」

ナリスは一瞬、黙り込んで考えていた。

「カレニアでもよろしゅうございますし……マルガはお避け下さいとのことでございます。マルガは……すでに、キタイからの侵略の手先がいくたびか訪れております。かの魔王は、おそらくそのたびになんらかの工作をほどこし、そうして侵略の手先がすがたをあらわした場所というのは、すでにキタイ王の魔力がひそめられているとかんぐったほうがよろしゅうございますとのことで……望ましいのは、カラヴィアまで落ちられること……むろん、われらも総力をあげてお守りいたします。かくなる上はナリスさまこそパロの希望、魔道師ギルドはたとえ全滅の危機をはらむといえど、ありったけの力によってナリス殿下をお守りし、ともかくもクリスタルよりご無事に脱出していただくことを当面の最大の任務と心得まする」

「待って」

ナリスは眉をよせた。

「全滅の危機をはらむといえど……それほどに、カロン大導師はこのたびのたたかいを、絶望的と考えているのか」

「それは、私ごときにはなんとも。……のちほど直接、カロン大導師におききなされませ。ただ、キタイの魔王の魔力はただごとならず——あるいは、白魔道師の力をもってしては、どれほどの力を結集しようともかなわぬかもしれぬ——とは、おおせでありました」

「………」

ナリスは、思わずくちびるをかんで考えに沈んだ。

「そんなに……」

（確かに、予期していなかったわけではない。キタイの竜王……と呼ばれるほどの者であるからには、とてつもない――われわれの想像をこえた魔力を持っているのであろうとは……これまでにしてきたことはすべて、中原の魔道の中心であるこのパロのわれわれにしてさえ想像をこえるほどの魔力をほのめかしている。……だが、そこまで……あのカロン大導師がそこまで絶望的だと事態をみなしているほどに……)

「私も、ランズベール塔にこうしていることに非常に不安は持っている」

ナリスはようやく、また口をひらいた。

「だが、お前たちが手をかしてくれると確信できぬうちにはほかにはどうしようもなかったしね。……では、早速だが、いろいろと頼んでもいいだろうか？」

「何なりと。ナリスさま。ただし、市内のようす、クリスタル・パレス各所のようすにつきましては、あらかじめ大導師よりご命令があり、ここに参る前に何人かで手わけして斥候して参ってございます」

「おお、素晴しい。では早速それを報告してくれ」

「かしこまりました。――まず、アムブラでは、つい一ザンばかり前に、かつての学生たちの指導者がひきいる学生の残党、そしてアムブラの老若男女がその数、最初は四百ばかり、それからしだいにふくれあがっていまや二千をこえるほどに増えた群衆が手に手に武器を持って、『ナリスさまを救え！』『パロ聖王アルド・ナリス陛下万歳！』と叫びつつ、アルカンドロス大広場へむかって行進を開始しました。ロイス長官みずからひきいる護民騎士団がこれを周囲を取り囲んでアルカンドロス大広場に入ってまいりましたが、ここにはあらためて入城した近衛騎士団にかわり、王室騎士団が大門を固めておりました。群衆はその前におしよせて、レムス国王の釈明を要求しはじめましたが、ただいまから四分の一ザンばかり前、ロイス長官の命令のもと、護民騎士団がいっせいに抜刀し——群衆は悲鳴をあげて逃げまどおうとしましたが、ロイス長官が声を励まして『パロ聖王アルド・ナリス陛下万歳！　キタイにのっとられたニセ王レムス一世を王座から追え！』と叫んだので、群衆の興奮はその極に達しました。護民騎士団は、それに同調せず隊列を離脱したごく少数のものをのぞいて、ただちにこんどは群衆といれかわって先頭に出、王室騎士団のなかからも、隊列をはなれてこのなかにとびこむものが続出しました。だが、このとき、聖王騎士団がすがたをあらわし、威圧的なようすをみせたので、群衆と護民騎士団はとりあえずしずまりました。……いま現在は、聖王騎士団およそ五百名と、アルカンドロス広場を埋めたものたち——護民騎士団とアムブラの群衆、それに王室騎士団から離脱したものもふくめておよそその数五千にも及ぶクリスタル大公派の連中が、息をひそめてにらみあう状況となっております」

「……………」

「そして、ナリスさまがおまちのローリウス伯爵ひきいるカレニア軍主力は、確実にこちらにむかって北上をつづけています。すでにマルガを通過し、イラス平野をまっすぐに北上中です。ただいまの詳しい場所などは……必要でしたらのちほどまた魔道師を送って調べさせます。ワリス聖騎士侯はダーナムから、ほどもなくクリスタル市内に入られます」

「下級魔道師たちに伝令をつとめてもらうことはできるね？　ワリスに、北クリスタルへまわり、北大門に兵をおいて、ワリスに入城してもらうよう、伝えてほしいんだが」

「かしこまりました。ただいますぐ。……それにフェリシア夫人とサラミス公ボースどののじきじきにひきいるサラミス公騎士団も、クリスタルにむかっておくればせながらけさがた進発したところです。総数はおよそ一万。……サラミス公の全騎士団の半数ですが、精鋭を選んでおられます」

「やれやれ、有難い」

ナリスはふっと息をついた。

「そう、私は、つねにそうやって、魔道師たちを駆使していくさでも、まつりごとでもなんでもすすめてくるのがいつもの習慣になっていたのでね。――ヴァレリウスもおらず、身近にいる魔道師といっては下級魔道師がわずか数人だけ、というような状態で、なんだか、目かくしをされ、手足を縛られて戦わなくてはならない、というような、にっちもさっちもゆかない気分になっていたよ。……そなたたちが加わってくれて、やっと、いつものおのれに戻ったような気がする」

「なかなか、お返事が出来ませず、ご不自由をおかけいたしまして」

ロルカはうっそりとつぶやいた。

「ヴァレリウスの件を探っておりましたのと……あまりにも、やはり、重大なことでございますれば――魔道師ギルドの存亡にもかかわる大事と……が、いまは、カロン大導師以下、すべてのギルド員が、これこそパロ、そして魔道師ギルドはじまって以来の最大の危機であるとあらためて認識いたしました」

「……」

「むろん聖王宮のなかも探らせております。が、あまりにも……」

「なんだ、ロルカ」

「あまりにも……あ、い、い、い、あやしくなさすぎます」

ロルカは奇妙なひびきを声ににじませた。

「これだけの大事が……キタイの竜王のエネルギーの存在はもう、われわれ魔道師ギルドにも感じ取られています。それに……数日前、つまりナリスさまがランズベールにお入りになろうと決意なさる少々前のあの嵐の晩、たしかに魔道師ギルドは、何かあの嵐に乗じてきわめて大きなエネルギー流がクリスタルに入り込んだのを観察いたしました。これはきわめて異常な現象であったのと、そのエネルギー流の大きさが、いまだかつて見たこともないほどのものであったために、まちがいなくこれはキタイの竜王になんらかのかかわりがあると結論いたしました。……が、そのエネルギー流はまっすぐ聖王宮周辺に流れおちていったにもかかわらず――その後、聖王宮かいわいにはいっさいの異変が観察されておりませぬ。……これが、異常です。あれだけのエネルギー流が、そのまま吸い込まれて消滅してしまう、などとはありえないことです」

「その、エネルギー流は……私も、見たよ。見たよ、ロルカ」

ナリスはつぶやいた。

「それは私には巨大な一匹の竜にみえた。そしてはるかな東から嵐の空を横切って……そう、どこに消えたのかは私には見届けられなかったが……私にはまさしく、それはことをきわめて急がねばならぬきざし、と見てとれたから、私は立ったのだ」

「おお、ナリスさまもごらんでございましたか」

ロルカは云った。それから、急にようすをあらためた。

「それについては、しかし私などより、カロン大導師と論ぜられたほうがよろしゅうございます。ともあれわたくしはこののちは朝に晩にナリスさまをお守り申上げますが……ともかく魔道師ギルドよりのご進言は、さきほどのごとく――極力早く、クリスタルそのものからおはなれになること、でございます」

「待て」

ナリスの声がさらに微妙なひびきをはらんだ。

「それが魔道師ギルドの進言――ということは、だが、カロン大導師は……いや、魔道師ギルドは、リンダを……このままに見捨てろというのか。ヴァレリウスは」

「………」

ロルカは、それにこたえるのは、おのれの仕事ではない、といいたげに、頭をふかぶかと下げたまま、何も答えなかった。

「――わかった」

低く、息をついて、ナリスはいった。

「ともかく、ワリスとサラミス公騎士団の動静がわかっただけでも大変ありがたい。それから、草原と——トーラスとに出した使者は、無事か？　どちらも魔道師だ。お前たちならその、魔道師用の特殊な念波であいての無事をつきとめられるのだろう。かれらが、道中なんらかの妨害にあって、消滅したりしていないかどうか、見てくれないか」

「かしこまりました。誰々をお用いでございますか」

「草原へはギールを。それから、トーラスへは……アルノーだ」

「かしこまりました」

ロルカはちょっと印を結んだ。それから、なにごともなかったかのように続けた。

「ほかに、伝令、斥候の御用は。このたびはかなり大勢をめしつれて参っております。ご命令を」

「聖騎士たちのあいだにいまいちど、確かにレムスはキタイの手先にのっとられて人格を憑依されており、すでにパロ聖王の資格を失っている、という情報を流したい」

ナリスはいった。

「また同様にそれをパロ全土に。クリスタル全市、ギルド連盟はいうまでもないが。……それから、サイロンから戻ってくる途中であろうベックに、さきに使いをたて、私の手紙をとどけ、かつ事情を説明する使者を出してほしい。これは、お前か、ディランクラスのものがいってほしいのだが」

「ディランの下のサルスと申すものを参らせましょう。ディランに準ずる程度には使います。

……ベック公のみでよろしゅうございますか」

「本当は、ケイロニアへ使者を出して、新ケイロニア王グインに援軍を要請したいのだが、これは、いったんクリスタルから脱出して落ち着いて王位宣言をしてからということだろう」

ナリスはいった。

「それとカロン大導師とのすみやかな会見を段取ってくれ。私のほうは深夜だろうとなんだろうとまたこのあいだのように心話を通じての会見でもなんでもかまわない。一刻も早くカロン大導師と会見したい」

「かしこまりました」

「それから、カラヴィア公へも、あらためてアドリアンの幽閉を知らせて、こちらについてくれるようとの要請を出したい。それがうまくゆけば、カラヴィアへおもむき、カラヴィアを私の本陣にできる」

「それが、魔道師ギルドの考える最良の方法でございます。ともあれ、ただいまのご命令をそれぞれおこなってまいりますあいだ、少々おまちを」

ロルカはまた、もやもやと壁のなかにしみこむように消え失せた。

それを見送ったナリスのおもては、しかしずいぶんと愁眉をひらいていた。

（よかった）

カイを呼ぶためにベルを鳴らすまえに、ひとりきりでほっと息をつく時間を味わうように、ナリスは心中つぶやいた。

（何よりも心配していた――魔道師ギルドがこちらについてくれた。……いかにキタイの竜王といえども、パロ魔道師ギルド全員を相手にしたら、それほどかんたんに赤子の手をひねるようなわけにはゆくまい。――それにもしも、魔道師ギルドが本当に危機を感じたとしたら、おそらく、魔道師ギルドの名において、白魔道師連合のすべてがあつめられる。――そうすれば……それで対抗できぬほどキタイの竜王の魔力が強力などということはありえぬ。もし万一にもそれほどまでに強力だということがありえたとしたら、それこそ……もう、パロはどれほど私があがこうと、誰がどう戦おうと、もうどうにもならないということでしかない……そんなことにはさせぬ）

（私は……私はクリスタル大公アルド・ナリス――いや、私は……正当なるパロ聖王、アルド・ナリス……）

（カラヴィアにおもむく――とりあえず、サラミス経由でカレニアをめざすことを、同志たちに納得させなくてはならぬ。……そして、また、最大の問題は、このからだの私がどうやって、目と鼻のさきのクリスタル・パレスに見張られている状態のなかから、なんとか切り抜けて籠城から出るか、ということだ。……ヤヌスの塔の古代機械を用いるにしても、そこまでゆくには……ヤヌスの塔は敵の本拠中の本拠たる聖王宮の正面、まさに敵陣のまっただなか……）

（それに……）

（それに――私が、ここでいま、クリスタルを見捨ててカレニアからカラヴィアへ転戦したら……）

（リンダは……ヴァレリウスは……そしてアドリアンも……）

（リンダは殺されることはないとしても……ヴァレリウスは……）

ナリスは蒼ざめた顔で目を宙にすえた。さしものナリスにも、この思案をどうつけることもできぬかのように、かれは、ぎりぎりとくちびるをかみしめた。

4

しばらくのあいだ、ナリスはじっとひとりきりで、何か、きわめて重大な決定にむかって考えをつめるかのように、目を宙にすえていた。

だが、それはせいぜい五タルザンほどのあいだでしかなかった。それから、まるで何かをふりはらうかのように首をふると、ナリスは手をのばし、呼び鈴を鳴らした。ただちにカイが入ってくる。ナリスは、おのれをまた、上の作戦本部に連れてゆくよう、カイにいいつけた。

カイがうけたまわって、また屈強の近習にナリスを抱き上げさせて室を出てゆく。ひろくもない室はしんと、無人になった。

もしも——

このときに誰か、たまたま戻ってくるか、あるいは偶然この室に入ってきたとしたら、金切声をあげていたかもしれぬ。

ナリスが出ていったあとの、そのひっそりとした室の、天井にちかいあたり——

そこに、ふいに、ぽかりと奇妙なものが浮かんでいたのだ。

それは、目であった。

いったいどこからあらわれたものか。……まるで空中そのものがまぶたで、ただそのまぶたをこじあけたにすぎぬ、とでもいうかのように、ぽかりと開いたその、血走った奇妙なひとつ目は、まるであざけるかのように、室内を物珍しげにきょろきょろと見回した。そして、それから、ニヤリと笑った。

何をいうにもとにかくあいては目しかない、というよりも、まぶたのあいだからのぞいた眼球の化け物のようなものであったから、いったいそれがどうやって、口も顔もないものがニヤリと笑ったのか、というのは、まったくどうにも説明のつかぬ話であったのだが、それでいて、それは、ニヤリと笑った、としかいいようがなかった。悪意にみちた、あやしい笑いを一瞬あたりにただよわせると、その奇怪な目は、ぱちりとまぶたをとざしたようにして、あらわれたときと同様、ふいと消えてしまった。あたりに、何か奇妙な異国ふうの、香にも似たにおいが一瞬漂っていたが、それもすぐに消えた。

誰ひとりとして、そのようすを見ていたものもなく、したがって、目の化け物がこんな、ランズベール塔のてっぺん——一応こちらの陣営のなかでももっとも安全な場所のはず、と思われているところにまで、ふいと出てきたことを、知るものもないままだった。いや、誰ひとり——ではなかった。

ふいと壁のあたりに黒いもやがあつまったかと思うと、それはしみだしてきてひとのかたちになり、魔道師のロルカのすがたになった。ロルカは、まるで何か奇妙な気配にひきよせられたのだ、というように、なんとなく奇妙ないぶかしげなようすであらわれ、あたりを見回した。それから、奇妙なしぐさをした。片手をあげて、ふかぶかとかぶっている魔道師のマントのなかから手首からさきを出し、それであたりの空気を、壁をなでるようになでまわしたのだ。

それはちょうど、手の先に目がついてでもいる人間みたいにみえた。それから、ロルカはけげんそうに首をかしげた。

(何かの気配が残っている)

ロルカは低くつぶやいた。

(なんだ。この気配は。……しかし、妙だな……)

その、低いいぶかしげなつぶやきだけ残して、ロルカも消えた。はたからもし、ずっと見ているものがあったら、そしてそれがもし、魔道の王国パロの住人ではなかったとしたら、最初の目の怪物に負けず劣らず奇怪な光景にみえただろうし、そのどちらもたいして違いもない怪異であると見えたかもしれぬ。

ようやく、室はしんとしずまりかえった。そしてまた、クリスタルの都全体も、またしても、反乱のさなかなのだ、というのがまるで嘘のように、しんとしずまりかえったのであった。

その意味では、妙にしずかだったちょっと前よりも、さらにいっそう、何かおそるべき変事の勃発をでもまつかのように、いっそうクリスタルはしずまりかえってしまった、といってもよかった。あやしい緊迫感はひたひたとたかまるばかりだったが――

魔道師のロルカがナリスに報告したとおり、アルカンドロス大広場は、膨大な数の人々で埋まっていた。そして、それにもかかわらず広場の周辺は、異様なくらいにしずかであった。いや、むろん、それだけの人数がいるのだ。ざわざわというざわめきはおこっていたし、その意味では、しずまりかえっている、というのはかならずしもあたらなかったかもしれぬ。だが、それはやはり、とうてい反乱の最中のものとは思えなかった。

アルカンドロス広場には、その西端にひろがるクリスタル・パレスの東大門前に巨大なアルカンドロス大王像がそびえたち、そして、東端はヤヌス大橋に通じる広い一本道である。東大門を守護するように、その左右に、のばされた翼のように二つの聖騎士宮、北殿と南殿がひろがっている。それはいざとなれば、パレスを守る砦の役目をもするよう、そのような建て方になっているのだ。だが、いま、まだ聖騎士宮はどちらも、ぶきみな沈黙を守っている。

その窓々はぴたりととざされ、アルカンドロス広場にむいた門もぴたりととざされたままだった。そして、その前に、アルカンドロス大王像をまるで守護するようにして並んでいるのは、聖王騎士団の兵士たちだった。

ずらりと並んだ馬とそれに騎乗した、銀色のよろいかぶとに、緑色のふさをつけた聖王騎士団の精鋭たち――だが、その、面頬をおろしたかぶとの下には、いささかのとまどいもかくれているようでもある。隊長たちは、命令が出ればただちに戦闘にうつる構えだけはみせているけれども、どことなく、その姿勢は及び腰であり、同胞にむけて刃をむけるのか、というためらいをこらえきれないでいた。

それに対して、いまやぎっしりとアルカンドロス広場を埋めつくしている群衆——そして、その群衆を守るかのように、聖王騎士団と対峙するかっこうでアルカンドロス広場の前のほうに三列になって整列している、護民騎士団のほうには、何か、烈帛の気合い、とでもいったものが感じ取れる。

かれらは、一様におもてを決意にこわばらせ、いのちなどおそれるものかというようすをあらわにし、らんらんと敵意にもえる目で、はるかな聖王宮と、その手先としてかれらパロの民に刃をむけようとする、聖王騎士団の面々をにらみすえていた。さきほど、護民騎士団をひきいて現場に到着したロイス長官が、はっと逃げ惑いはじめる群衆をおさえるかのようにたかだかと手をあげ、誇らかに「パロ聖王、アルド・ナリス陛下ばんざい！」と叫んだ瞬間の、群衆の一瞬のおそろしい静寂と、そして次の瞬間わきおこったすさまじい歓呼の声——爆発した「パロ聖王アルド・ナリス陛下ばんざい！」のかっさいは、それこそ聖王宮までも届くかとさえ思われたのだが——

だが、そののち、群衆はしんとしずまりかえっていた。

あたかも、何かを待っている、とでもいうかのように。

待っている——そう、かれらは、待っていたのかもしれぬ。かれらが、いかにふるまうべきかを、教えてくれる本当の指導者のあらわれるのを。

カラヴィアのランは、ヴァラキアのヨナとともにアムブラの群衆をひきいて、人々のなかにいた。あちこちから、彼を、かつてのアムブラのリーダーと見知った懐かしい顔があらわれ、そっと手をさしのべて握手を求めてくる。いよいよ——と、どの目も無言のうちに告げていた。涙にうるむ目も少なくない。なかには、もう、すっかり学者になることをあきらめてアムブラを去っていったはずの、かつての仲間たちも多くいた。かれらはいずれも手にそれぞれの武器をもち、にわかに何年分の若さを取り戻したかのように目をぎらつかせていた。

このアルカンドロス広場——そこに立てば、どうしても、かれらには思いださざるをえない追憶、忘れがたい追憶がある。

ところも同じこのアルカンドロス広場に、絶望と、もうすべてはおわりなのだ、パロは失われるのだ、という涙にくれながら立ち尽くしていたあの日のこと——パロがモンゴールのくびきの下におかれ、モンゴールの騎士たちの粗野なすがたが美しいクリスタル・パレスをふみにじり——

そして、聖王夫妻の生首がくさりかけながら広場にさらしものにされる、という、国民にとってはもっとも屈辱と苦痛とやけるような怒りをかきたてるしうちのなかで、もはやこれまで——たとえかなわぬまでも、この身はパロの民、戦い、敵に一矢なりとむくいて死ぬまで……と決意したあの日のことだ。

(そう、ここだ……このアルカンドロス広場に……銀色のすがたもまばゆく、あのかたは……ルアーの御子さながらに駆け入ってこられた……)

（わが名は――クリスタル公アルド・ナリス！）

あの、広場じゅうをつらぬきとおすようだった澄んだ誇りやかな声。

それをきいたせつなに、からだの中心のもっとも奥ふかいところから、からだのすべてをゆるがすようにわきあがってきた、なんともいいようのない誇りと歓喜と感動とそして恍惚――

（ああ……俺は、この人のために死にたい……俺は、そう思ったのだった。あのとき、俺は……滂沱の涙をながし、あの銀色のまばゆいあまりに美しいすがたを見つめながら……）

その同じアルカンドロス広場に、だが、いまでは、そのひとは、そのときの勇姿を二度とさらすことはない。

あの軍神の、パロの誇りというべき勇姿は永久に失われた。馬にのることも、みずからの足で歩くこともかなわぬすがたとなって、そのひとは、それでもなお、パロを救うために立ったのだ。

（そして、俺は……そのかたのために……）

おのずと、ランの灰色の目は燃えるような光をうかべてぎりぎりと聖王宮をにらみすえる。そこに巣くう魔王だか何か知らぬが、えたいのしれぬものとなりはてたあやしい存在が、彼の軍神をそのような、むざんなすがたに、いとわしい陰謀によってかえはててしまったのだ。

（その、復讐をとげてやる……）

ランは、片手にしっかりと握りしめた愛剣をあらためて、かたく握り直す。その気配を感じたかのように、ヨナがそっと彼の腕に手をかける。

わかっている、というように、ランはヨナにうなづきかけた。おそろしいほどに――これだけの人数があつまっているとしては、おどろくほど、広場はしんとしている。みなが何かを待ち受けているのだ。だが、それは何であるのか。

「ラン」

ランはそっとヨナに腕をつつかれて、そちらに顔をむけた。

「なんだ、ヨナ」

「私は、いったん……ナリスさまのもとへうかがってこの状態をご報告申上げてくる。……ヤヌス大橋は護民騎士団が確保してくれているが、そのうしろがどうなっているかもちょっとようすを見てきたい。退路がたたれていれば、アルカンドロス広場はそれこそ雪隠詰めになる場所だからな。……橋のたもとで馬をかりて、城へいってくる」

「わかった」

「ランはどうする。ここにこのままか」

「もうちょっと様子をみるさ。国王がたはクリスタル大公を反逆の罪で告発する告発状を張り出したが、それきりだ。もうちょっと、静寂を守るようなら、こちらからつついてみなくてはなるまい。そうだな、俺はロイスさまのところにいって、おりをみてこちらから――挑発というのではないが、国王の非をならす演説をはじめていいかどうか、うかがってみる」

「気をつけてくれ」

ヨナは低くいった。そして、すばやく敏捷に、ひとごみのあいだに消え失せた。

ランはなにげなく空をみあげた。なんとなく、あたりがうす暗くなってきたような気がしたのだ。まだ、午後のルアーの三点鐘をやっとさきほどきいたあたり、長い長い一日——クリスタルの一番長い日は、まだ暮れるにはほど遠いはずだ。

（まさか、また嵐がくるわけではあるまい……なんだか、このところ、とても気候のいいパロにしては妙に、嵐だの……天候異変が多いな。……風が出てきた。なんだかいやな天気だな……）

ごぉぉぉぉう——

ごぉぉぉぉう——

空は、雨もおちてくる気配はなく、一応曇ってはいても普通だが、その上空のほうで、なにやら不穏な音をたてて、ごうごうと鳴っている風の気配がある。ときどき、それがまるでこぼれおちてきたかのようにして、広場につめかけた人々をつよい風が吹きつける。上空のほうで、妙にけわしい声で鳴き騒いでいるのはガーガーだろう。

（ガーガーまで、妙に騒いでいるな……）

（なんて妙な天気だ。風が強い……）

さっきまでは、風など、出ていなかったのに。

それをいうならば、さっきまで、こんなにうす暗くもなかったのだ。ごぉぉぉぉ——風が鳴って、上空を通り過ぎてゆく。

その灰色の空の下で、人々は、そっと目をみかわしたり、ささやきあったり、だが大きな声を出すのがなぜかはばかられるような緊張のなかで、じっと何かを待っている。国王からのなんらかの意思表示か……それとも反逆大公のことばを伝える使者か。あるいはその両方か。

誰もが、これから自分たちは、パロは、世界はどうなってしまうのかを、切実に知りたがっている。何か、新しい、これまでとまったく違う時代がくる——これまでどよどよと暗く暗渠のなかによどんでいたものがようやくいま、あかるみにひきずり出され、あるいは世にもおそろしい真実をさらけだすかもしれず、あるいは長いたたかいの日々がはじまるかもしれぬ——だが、ただひとつ確実なのは、何か、これまでとはまったく何もかも違ってしまう時間の瀬戸際に、かれらはたっている——

そんな奇妙な予感めいたものが、たぶんじっさいには、そこになんとなく釈然としないようすで同胞たちを見すえて居並んでいる聖王騎士団の側までも含めて、ここにいるすべてのものの心に確実にのしかかっているのにちがいなかった。

(だが、何が……はじまるのだろう……)

(いったい何が……)

見るのが恐しい。だが、見ずにはいられない。

そんな気持が、かれらの心を激しく騒がせている。

「ロイス長官」

ランは人々のあいだをくぐりぬけ、護民騎士団の騎士たちの列のあいだをぬけて、先頭の中央に勇ましく騎乗したままでいた、護民長官のところにたどりついた。

「おお、ランどのだな」

ランとロイス長官は、反逆の同志として、カリナエで顔をあわせている。ロイス長官はいくぶんほっとしたように、緊迫にみちた対峙から、顔をそらした。

「何か、ナリスさまから、ご指示でも？」

「いえ、そうではありませんが……このさき、どのようなおつもりか、うかがいに……」

「私には、何のつもりもない」

ロイス長官は、もう、五十がらみの、彫像のような立派な顔をした騎士である。護民長官に任官する前には、クリスタル大公騎士団の団長だったゆかりで、ナリス側についた武将だ。

「私は、ここで、ナリスさまのご指示をまつか……むろん、聖王騎士団がパロの国民にむかって刃をぬくならば、相手になって応戦する。われわれは、パロの民を守る――護民騎士団なのだからな」

「有難うございます」

ランは心からいった。

「おかげさまで、アムブラの民もどれだけ心強いか。……でも、おかしいとは思われませんか」

ごぉぉぉぉ――

ぶきみなうなりをあげて、風がはるかな上空で鳴った。

「おかしい――何が」

「何が……とはいえないんですが……」

ランはちょっと口ごもる。ほとんどが、おのれのちょっとしたカン、それとも長年の経験からのひらめきにすぎないのだ。

「聖王騎士団は……何も命令をうけていないんでしょうか。……それとも、われわれが仕掛けてゆかないかぎり、何もするなといわれているんでしょうか。われわれを鎮圧する気なら……そういう指令を、反乱軍を鎮圧せよという指令をうけているのだったら、護民騎士団が造反した時点で、かなり急激な動きがあってもいいと思うんです」

ランは、したたりおちる汗をぬぐった。

風も強くなってきている。むしろ、寒いくらいなのに、どういうわけか、さっきからひっきりなしに、汗がふきだしてくる。まるで心の不安がそのまま汗になってふきだしてくるとでも、いうかのようだ。

「ああ……」

ロイス長官は、ランが何をいうつもりなのか、わからぬようだった。

「というか、……宮廷からの増援があってしかるべきでしょう。だのに、かえって、近衛騎士団は門のなかにひきあげ、王室騎士団も聖王騎士団と交替してひきあげてしまった。もうこちらは五千人をこえている。ロイス長官がヤヌス大橋を守っていて下さるので、話をきいて、南クリスタルからも、北クリスタルからも、次々と志を同じくする皆がやってきてくれている。このままだと、今夜までにはアルカンドロス広場にあつまるものたちは一万人をこえてしまいそうな勢いだと思います」

「そのくらいは、ゆくだろうね」

「それに対して聖王騎士団は、わずか五百あまりというところです。これでは、しかも護民騎士団が二千いるというのに、とうてい、鎮圧などしようもない」

「たかが群衆の反逆となめてかかっているのだろうかね」

ロイスはしだいにこの一介の民間人のことばにひきこまれながら云った。

「それとも、私は最初は……下手に兵を出して、いっそうこちらの反発の感情をあおるとよくないからかと思っていたよ。ちょっとでもこちら——国民のなかに被害が出れば、クリスタル全市はただちに国王の敵にまわるだろう。国民の声をそうして圧殺しようとするということは、ナリスさまのおことばが正しいということの証明みたいなものだからね。……それをおそれて、あまり大勢を出してこないのかなとも……それに、これだけあちこちの地区からひとがあつまってくると当然、どの騎士団の者にも何割かは、関係のあるものがいる。げんにさっき私が反逆の名乗りをあげたとき、王室騎士団の者のなかで激しく動揺し、私のナリスさまへの歓呼に唱和してこちらにそのまま逃亡してきたものがかなりいた。それでむこうはあわてて王室騎士団をひっこめたのだと私は考えたのだがね。……それで、聖騎士団にも出動命令が下らないのだろうと……聖騎士団がこちら側についたら、たぶんほかの騎士団は著しく動揺するだろうからな」

「それは、そうなんですが……しかし……」

そんなことではないような気がする……

ランは、ことばにならぬ不安を、口のなかでのみこんだ。

何かが違っている――そんな気がしてならないのだ。だが、それが一体何で、どう違っているのか、説明してみろ、といわれれば、どうすることもできない。

だが――

ひたひた、ひたひた、と少しづつ、胸のなかにわきあがってくる不安な感情、ごぉぉぉ――と上空で風がうなるたびにつきあげてくる、理不尽な不安をもまた、どうすることもできないのである。

(なんてことだ。俺はどうしてしまったというのか……なんだか俺はおそろしく気が立っているみたいだ。いのちなんか、とっくの昔にナリスさまに捧げてしまったつもりでいたのだが……)

ごぉぉぉぉぉ――

また、不吉なうなりをたてて風が唸った。いちだんと、あたりが暗くなったように思われた。

「きょうは、このままゆくとここでにらみあいのまま水入りだな」

　ロイス長官の声が、ランを我にかえらせた。

「なかには、まだ当分このままかとみて、いったん家に帰るものも出てくるだろう。……それでこちら側の気が抜けて数が減ってくれば、国王がたにとっては、それが一番いい、ということなのかもしれんよ。なんといっても、同胞に弓矢をむけるのだから、どの騎士団であれ気がすすまないにはきまっている」

「ということなのでしょうか……」

　レムス国王とは、それほど寛大でも、それほど深慮遠謀の主でも、それほど気が長くもなかったのではないか……

　ランはそういおうとして、口をつぐんだ。所詮、それほど国王の人となりなど、よく知っているわけでもありはしない。

　ただ、あのいっとき吹き荒れた短いが痛烈だった弾圧の時期に、国王がいかに怒るとすさまじいか、自制心を失ってわめきちらすか、おのれにちょっとでもさからったと思われた小姓にどういう酷い仕打ちをくわえて惨殺したか、などという話が、いっとき、アムブラにきわめてたくさん、出まわっただけだ。

　あれから時がたって、国王の心境もだいぶ安定してきた、とはいわれているし、そういう犠牲者もすっかりあとを断ったのは確かだったのだが――

（なんだろう。なぜ、こんなに俺の胸はどきどきと激しい動悸をうつのをやめないんだろう）

(ヨナも……ヨナもいなくなってしまった。なんだか恐しく一人のような気がする……)

こんなにまわりに大勢の人が、それも志を同じくし、崇拝するアルド・ナリスのために死んでもいい、という人々がいるというのに——

ランは思った。風は、しだいに、ひどくなりつつあるようだ。遠くで、犬の吠え声と、そしてガーガーのかすかなざわめきがきこえる。ランズベール城の方向に注意をこらす——そちらでも、またクリスタル・パレスの内部でも、特になんらかの戦闘がはじまっているようなひびきはまったくききとれない。ここにこうして信じがたいほど大勢の人が集まっているほかには、何ひとつ、かわったことなどおこってもいないかのように、クリスタル市はしずかなのだ。

(しずかすぎる……のが、こんなにも気になるのかな……)

ランは思った。ふと、気が弱った。

(もしも、このまま、今夜ひと晩にらみあいがつづくようなら……ここはとりあえず、誰かにまかせて、一回家にもどって……レティシアの具合を見てこようかな……)

妻のレティシアは、先日の大嵐で洪水にやられ、あわや溺れかけた。あいにくと臨月間近であったもので、そのまま体調をくずし、いまなお実家で寝込んだままだ。ランがしばらくヨナとも連絡のとれぬ状態だったのは、それでアムブラをはなれて、レティシアの看病につとめていたからだった。ようやく多少容態はおちついてきたものの、こんどは生み月が間近にせまってきて、また体調がよくない。洪水のために、かなり体調がくずれてしまったので、お産が無事ですめばよいが、と産婆はひどく心配している。それもまた、ランにとっては苦の種だったのだ。

(どうしてだろう。……なんでこんなに胸が騒ぐのだろう……)

ランはまた空を見上げた。まだ、ルアーの四点鐘もならず、黄昏どきには間があるはずなのに、いちだんと、空が暗くなってきたように思われてならなかった。

第三話　竜王顕現

1

ランのひそかに高まりゆく不安をまるで嘲笑うかのように、結局、何ひとつ異変はおきぬままに、ひっそりと緊迫した時間が過ぎてゆくばかりだった。

むろん、ちょっとした、はっと人々が固唾をのむ瞬間、というのはいくつか訪れなかったわけではない。何回か、ぴたりととざされた聖王宮の、アルカンドロス門がひらき、騎士たちも、そして広場を埋めた群衆もついに凶変かとはっと血相をかえた。だが、それは、いつも数人の、刀も帯びていない伝令を門のすきまから吐きだし、そしてその伝令が騎士団の隊長になにやらささやくのを人々が緊張したおももちで見守っていると、そのまま隊長は大きくうなづき、そして伝令はなにごともなかったように門のなかへ帰ってゆき、そして、そのまままた同じ対峙が続く——ということのくりかえしであった。結局のところ、その伝令たちは、「このまま、群衆の見張りをつづけ、異変があればただちに報告せよ」という命令を

だが——

隊長たちに運び続けているにしかすぎなかったようであった。

しんとしずまっていた大広場に、時がそうして無為に流れてゆくにつれて、さすがに群衆も、緊張感を保ち切れなくなってきていた。また何かあればただちに緊張感が戻ったことだろうが、これだけの時間、何もなすこともなく、ただじっと待っているだけの対峙、というのは、職業的に訓練を受けている騎士ならぬ、烏合の衆である町びとたちには、辛すぎたのだ。しだいに、また、ざわざわとささやきあう声、しゃべりあううちにたかまってゆく興奮をおさえかねたような話し声で広場はようやくざわめきを取り戻しはじめ、そしてまた、それにつれて、とりあえずまた何かことがおこりかけてくるまでは、いったん家に戻ってやりかけで放り出してきた仕事のかたをつけたい、とか、あるいは、おいてきた病人や子供が心配なのでようすを見に戻らなくては、とか、そういう気がかりをかかえてそっと広場をはなれてゆくものもあらわれはじめていた。もっとも、いまだに、広場めざしてやってくるものもあとをたたなかったので、いちどきにどっとそれで人の数が減ってしまう、ということではなかったが。

いずれにせよ、それは奇妙な、そして異常な——きわめて異常な午後であった。パロの長い長い歴史のなかでさえ、まれに見るほど、奇怪きわまりない緊張をはらんだ、それでいていつ何がおこるとも知れないままに過ぎていった、奇妙な午後だった。そうしたあてもない緊張は、ひとびとを妙に疲れさせ、その午後が過ぎていってようやく、暮れかけたクリスタルの大気をふるわせて美しい音をたててイリスの一点鐘が鳴りだすころには、人々はなんだかぐったりと疲れはてた心持になっていた。

(まさか、夜襲などということはないだろう)

(これは、なんといっても……これはなんといっても、通常のいくさとか、そういうわけではないんだから)

(そうだ、これはパロの国内でのいわばお家騒動にしかすぎないんだから……)

人々は、夜のとばりがおりてくると同時にほっと肩の力をゆるめた。そして、女たちや年とったもの、家に子供を残してきたものは、明日また早くにようすを見にくるからと、近くにいるまとめ役にあたるものに言い残して、ヤヌス大橋を渡ってそれぞれの家に帰っていった。

むろん、そのまま、居残るものも多かったし、ロイスひきいる護民騎士団はぴくりとも動こうとはしなかった。当然、それとにらみあう聖王騎士団もであった。

しかし、騎士たちのあいだにも、最初の緊張はなかった。ひそかに伝令が情報をもたらしにやってきて、騎士たちのなかにも、どうやらこの奇妙な対峙のウラには、国王と、反逆をようやく公的に表明した反逆大公、クリスタル大公とのあいだに、何回か使者のやりとりがかわされていて、一応双方が平和裡に解決する——といっていいすぎだったら、同胞の血を流さずにすむ解決方法を模索している段階である、ということが伝えられていたからである。

それは、本当は同じパロの民どうしで血を流すことをいさぎよしとせぬどちらの騎士たちにとっても朗報であったから、かれらはいよいよ、迂闊なことで過激な敵対行動と見られるものを示して、せっかくもしかしたら無血のうちにおさまるかもしれぬ事態をいたずらに紛糾させたりすることのないよう、いやが上にも一挙手一投足に気をつけていた。

だが、また、誰も、その国王と反逆大公のかわしている使者なるものが、どのていどの敵意をもって――あるいはどのていど平和を求めて互いの腹をさぐりあっているのか、ということについては、何ひとつわからなかった。どうやらその使者たちのやりとりは、最初の、堂々白旗をかかげてランズベール城に入ったものをのぞくと、いかにもこの魔道の王国らしく、あとはすべて、魔道師を介在しておこなわれているようであったからである。そしてまた、国王自身もまったくとじこもったまま、聖王宮の大表にさえすがたをあらわさぬ、という情報ももたらされていたので、国王がどのていどこの謀反に激怒しているのか、それとも動揺しているのか、そういったことは何もわかりようもなかった。一応、国王側であるはずの聖王騎士団の、その隊長クラスのものたちにさえ、それについては何も情報はなかったのである。

聖王宮は毎日夜がおとずれたときの習慣どおり、イリスの二点鐘が鳴り終わると同時に、いたるところにあかりをともし、その美しいたたずまいは闇のなかにいかにも不夜城然と浮び上がった。それをみた限りでは、いまや重大な反逆がこの都でおこなわれている、などと感じさせる、異変のきざしを思わせるものは何ひとつなかった――昼間の静寂よりもさらになかった。いっぽうランズベール城のほうは、闇のなかに、聖王宮の彼方に黒く不吉なランズベール塔のシルエットを、そのあかりに照されて浮び上がらせていたが、これもあちこちにあかりをともしてはいたが聖王宮ほど明るくはなかった。ただ、日頃はあまり人影など浮かばぬランズベール城のあちこちの望楼や窓に、人影があかりに照されてうかぶので、いささか異様な感じをあたえるくらいであった。近づいてみれば、ことにランズベール川にかかる、北大門の入口でもあるランズベール大橋の周辺は、そこからかなり先の市街地のほうまでぎっしりと兵隊でうずめつくされ、それもあまり見慣れぬごつい感じのよろいかぶとに身をかため、カレニアなまりの声で叫び合う兵士たちが大勢そのへんを固めていたし、思いだしたようにときたまおこる「パロ聖王、アルド・ナリス陛下万歳」の叫びや、夜目にもあざやかにひるがえるクリスタル大公旗が、謀反の存在をまざまざと思い知らせていた。だが、遠くから見た限りにおいては、それもまた、暗闇のなかに沈み込んでいて、さしたる騒擾の気配をふりまいているわけでもなかった。

ランズベール城を最初に激しく攻撃してきた近衛騎士団には、日暮れと同時に撤退の命令が下り、かれらは一個中隊を見張りをかねてロザリア庭園前に残したきり、ランズベール城周辺からひきあげてしまっていた。ごろごろと巨大な車にのせてわざわざ運びだされてきた破城槌もそのままにまた、ごろごろと倉庫に持ち帰られていったし、リュイスが自慢したとおり、そんな数回の打撃くらいでは、ランズベール城の頑丈きわまりない鉄の扉には、傷ひとつつけるわけにはゆかなかった。近衛騎士団の連中はやがて、ロザリア庭園に馬をつないでからだをやすめ、かわるがわるに見張りをたてるだけで、まったく攻撃のかまえを見せなくなってきていた。

ナリスはそれらの動きを、いまやようやく彼の得意の情報戦をかなえてくれるようになった魔道師たちから逐一きいていたが、慎重なナリスはこれもまた狡猾な国王のワナかもしれぬ、といううたがいをとかず、マイロン大隊長のひきいるランズベール騎士団にひきつづき、南門を固めさせ続けていた。王室練兵場に集結して出動命令を待っていた近衛騎士団のほうは、夜になると国王の命令が出て、それぞれ騎士宮に戻りはじめたので、とりあえずナリスは東の門の固めは少しへらしたが、なおもいつでも出動できるよう、武装はとかせぬままであった。魔道師の伝令からナリスの指令をうけて、ダーナムからいそぎ都にのぼったワリス聖騎士侯が、少ないとはいえ精鋭の聖騎士団二百を連れて北大門からランズベール城に入城し、カレニア衛兵隊の歓呼の声をあびた。ワリスは黒竜戦役でナリスの右腕として戦った経験もあり、ナリスの強力なシンパである聖騎士侯のひとりだったので、この入城はナリスには特に心強かった。ワリスは、ひきつづいてダーナムから三千の聖騎士団がこちらにむかっていることを報告したので、いっそうナリスがたの意気はあがった。そして、カレニア伯ローリウスのひきいる、頼みのカレニア義勇軍七千もあすじゅうにはクリスタル市圏内につくだろう、ということが報告され、いっそう人々の愁眉を開かしめた。

「これは、思ったより、楽な展開になるかもしれませんな」

ルナンが満足げに、作戦本部の窓から、暮れはてたクリスタル市街を見下ろしながらいったほどであった。

「当初はお味方は文官ばかりかというのがとても心配でしたが、ローリウスとサラミス公、それにワリスまでそろってくれればこちらにも役者はことかかぬ。対するにあちらはダルカンは隠居、ダーヴァルスは慎重派で動かず、オヴィディウスはああいうことになった。残るは若いマルティニアスとタラント程度で……あとは、ベック公とカラヴィア公さえこちらについて下されば……」

「まだ、そう、簡単に安心する気にはとうていなれないよ、私は」

ナリスは、作戦本部のまんなかにおかれた机にむかって、ひろげられたパロの地図をつらつらと眺めやりながら苦笑した。

「というよりも、最初はきわめて絶望的だと思ってはじめた戦いが、『きわめて』がやっととれたかな、というくらいの気持にしかなれないね。それよりも私は魔道師ギルドがついてくれたことでずいぶんと助かったが」

「それはもう……」

ルナンは、パロの人間ではあっても、まったくの武人として、魔道師にはそれほど親近感をもっているというわけでもない。それに老いの一徹である。ややうろんそうに首をふったが、室のすみにひかえているロルカとディランたち、黒い影のような魔道師たちの手前、そんなおのれの内心をそれ以上おもてにあらわそうとはしなかった。

同じ室に、ひと息のていで集まってきた、ワリス聖騎士侯、ランズベール侯、リギア聖騎士伯らの顔も、いくぶん明るい。

「リーズにも、いったん引き上げてくるよう伝令を出したから、まもなくランズベール城に入るだろう」

ナリスは云った。

「アムブラの者を中心とするクリスタルの群衆は、まだ一万近くがアルカンドロス広場に残って、どうやらそこで夜明かしをするつもりらしい。護民騎士団が何ヶ所かにかがり火をたき、そこにおもだったものたちが集まって……といっても、これから先の行動について相談する、というような感じでもないようだ。ロルカのいうには、クリスタルの民も、護民騎士団も、またそれを見張っているかっこうになっている聖王騎士団も、まだ、本当にこののちにパロがふたつにわかれて相争う、流血の惨事になるのかどうか、本気で心を決めかねている、というようすだそうだ。というよりも、誰ひとりとして、そんなことを本心から望んでいるものはいないだろう。もとより私とても同じだ。……国王がどう思っているかはわからぬがね」

「ナリスさまと国王のあいだには、数回の使者のやりとりがあったとさきほどリュイス侯よりうけたまわりました」

ワリスが云った。

「国王のほうは、どのようにナリスさまのこのたびのこのご意志の表明を受け止めておりますので」

「最初に届いた書状はきわめて強硬な、ただちに心を入れ替えて全面降伏すれば、義兄でもあるのだから、一命だけは助けてやらんものでもない、というようなものだったよ」

ナリスは苦笑した。

「そして、そのなかで、リンダ大公妃とヴァレリウス宰相も、『聖王宮中にあって』非常に心をいためている、というようなただし書きがあって——かれらを人質にとったぞ、とほのめかしてきた——ほのめかすというには、あまりにも露骨だったがね。で、私は、それにたいして、即刻、大公妃とヴァレリウス宰相を釈放せられたし、という返事を書いてやった。まあ、まだひととおりは国王への礼儀をつくすふうには見せかけたけれどもね。他のものは見たから、あとでよければ返書のうつしを見るとよいが、国王の非をならし、これまでの政治のあやまりをるる指摘し、そして『これまでのなさりようを拝見するに、陛下はもはや完全にはご本心とは思うあたわず、あるいはどこか異国よりの遠隔操作を受けておられるのではないかとの疑惑ぬぐいがたく』と書いてやったよ。そして、もしもこれがいわれなきぬれぎぬであると陛下がお考えならば、パロ国民の公平なる目の前にて、わが疑惑を晴らすための審判をお受けになるべく、魔道師ギルドにより、陛下の背景には一点曇りもなしとの証明をあらたに受けられ、無辜の大公妃と宰相とを釈放されたるあかつきには、こちらの非礼を認めて自らを裁くも辞せず、と」

「おお」

ワリスは声をあげた。

「それはまた、なんとも大胆なお返事をなさいましたもので。してなんと」

「それから一ザンとはたたぬうちに、今度は王室づきの魔道士がレムスの返事をもってきた。

これがまた妙にへりくだったというか、低姿勢なしろものでね。大公妃と宰相は監禁しているのではない、こちらとしては、大公妃はおのれの姉、家族であり、宰相はおのれの右腕である。姉が弟の家庭に滞在するのは監禁でもなんでもなく、リンダ大公妃はおのれの自由意志にてアルミナ王妃の見舞に滞留しておられるのである、誤解されぬよう、と……それと同時にしかし、むろんそうだろうが、こちらからいってやった件については、いわれなき冤罪にて告発されようというからには——まあ美辞麗句を省略していうと、頭がおかしくなったのは義兄上のほうではありませんか、というような書状だったのでね。早速また、こちらはおかしくもなんともない、いつなりと、ジェニュアでも魔道師ギルドでも、あるいはその双方でも、国民すべてを前にしてでも、この言い分をあきらかにしたい、これは謀反でも造反でもましてや革命でもなく、われは国王陛下への忠誠をつらぬくべく、国王陛下にかかるすべての疑惑をはらいたいだけである、と申上げてやったのさ」

「ナリスさまにかかってはかないませんわね」

リギアがおかしそうにいった。

「あちらももちろん、ご祐筆に書かせてはいるんだろうけれどもね」

ナリスは気楽そうに返事をした。

「それにもただちにご返書がきて、いささか儀礼的なやりとりのうちにきょうはこうして暮れてしまったというわけですよ、ワリス。……私の二回目の書状に対して、さらにまたうだうだとわけのわからんことを書きつらねた返事がきたが、これはもう、なんというか水かけ論をくりかえすというか、前とまったく同じ論旨をいいかたをかえているだけだったので、私のほうは、こんどはずばりと、国王陛下には、国民の前に出てクリスタル大公よりの疑惑解明のお申し出にお応えいただくをおそれておいでか、と書いてやったんですよ。そうしたらそれきり、ちょっと返事のあいだがあいている。いずれにもせよ、ここでこんなやりとりをくりかえしているわけにもゆかないので、いまさっき、またこちらから書状を出してやろうと、『このような問答をくりかえしても益なきことと存ずるゆえ、国民にわが疑惑とその根拠を公開し、われの疑惑正当なりやいなやを国民に問いたい』というのを書かせたところでしたよ。これで、相手もなんらかの手をうたざるを得ないだろう」

「それにしても」

ワリスはずっとダーナムの領地にいて、ナリスからの手紙や、マルガへのぼってきて多少は話をきいてもいるものの、具体的には何も知らされておらぬ。目をまるくしながらいった。

「ナリスさまのおおせを疑うなどということは夢さらございませんが、あまりにもとてつもないことがらであるだけに――本当に、わがパロ、聖王国なるパロの聖王が、生きながらそんなキタイの怪人などにのっとられる、などということがありうるのでございますか。――いや、それがしが宮廷にずっと伺候しておりましたときにも、すでに国王陛下の奇妙なうわさ――なんでもキタイの魔道師かなにかに憑依されているのではないか、というようなうわさは耳にしておりましたが、いくらなんでも、聖王陛下ともあろうおかたが、まさか」

「そのまさかがありうるから、パロがあやういのですよ、ワリス」

ナリスはきっぱりといった。

「それについてはいずれまたゆっくりと今夜にでも私のそう思うにいたった根拠をお話し申上げようと思う。だが、いずれにもせよ、他のものもしだいにおかしいと思うことが多くなってきたからこそ、私のこの告発はそれほど意外というわけでもなく受け取られたのだと私は考えている。……あなたが、ダーナムに引っ込んで、クリスタル宮廷からしばらく遠ざかっておられたのだって、あの国王の狂乱が原因でおられたはずです」

「それはそのとおりです」

ワリスはおもてをこわばらせた。

「私の妻の姪が宮廷にあがって若いデビとして修行していたのですが、彼女が実にささいなあやまちで陛下のおとがめを受け、ナリスさまのお優しいおとりなしにもかかわらず陛下はどうしてもメディアを死罪にされると決定なさり——ナリスさまにあのとき受けた温情はこのワリス、決して忘れることはございません。あのとき、ナリスさまは、ご自分のおん身さえもあやうくなるほどに力をこめて国王陛下に反対なさって下さいました。あのとき、私は、こののち何があろうと、ナリスさまにいつの日か、この恩義にむくいることを……国王といったん事あったあかつきには、事の是非をとわずナリスさまにお味方することを心に誓ったがゆえに、このたびのお話をきいてただちにこうしてはせ参じたのです。……が、ナリスさまが国王のご機嫌を損じてまでとりなして下さった甲斐もなく、あわれなメディアは二十一歳の若さで無残にも斬首のさいごをとげてしまいました」

ワリスはあらためてあのときの苦悶を思いだしたかのように身をふるわせた。

「妻はおりあしくちょうど妊娠中で……たったひとりの姪を妹のようにとてもかわいがっていた妻はこのむざんな知らせに衝撃のあまり流産してしまって、それきり病の床についてしまい、それから回復することなくついに……むろん、それだけが原因ではなかったと思いますが、それでもう、わたくしは宮廷にいるにいたたまれず、ダーナムの領地に引っ込んでしまったのですから。あれがもし、レムス陛下がそんな、キタイのなにやらとやらにとりつかれての狂気の仕打ちだったというのでしたら、たとえナリスさまがお許しになろうとも、この私が——結局そのまま病みついて、それがもとのようにして世を去ってしまった妻の分まででも、許すわけにはゆきませぬ。いや、そのとき失われた私の子の分までも……」

ワリスはまた激しく身をふるわせた。

「いまは、私はのちぞえをもらい、そのあいだにたいへん遅い子持ちではありますが、待望の子供もできて、それなりにしずかな暮しをしております。しかしいまだに、あの悪夢のようだった一年間のことを思い出すと、全身がふるえ出すような気がします。……もしもあれが、そんなキタイの侵略によるものだったとしたら……私は……」

「そうなのですよ」

ナリスは静かにいった。そして、おのれのからだに注意をうながすようにうつむいた。

「でもあなただけではない。私がこうして、歩くこともかなわないからだになったのは、すべて、キタイの血をひくカル・ファンのしわざ——国王のこの数年の行動はすべて、キタイの息のかかったもの、パロをキタイの属国にしようとする奥深いたくらみであったのですから」

「おお」

ワリスは短く息を詰めた。

「おのれのことばかり申上げて、なさけないことです。……ナリスさまこそ、まったく何の罪もなきおからだを、いわれもなくそのように……あれほど、有能で、華やかで、宮廷の神のような存在であられたのに……」

「だからですよ、ワリス」

激しく、ランズベール侯が云った。

「だからです。だから、国王はナリスさまを——私たちのたったおひとりのアル・ジェニウスを、陰謀というさえおろかな荒っぽい拉致と非道によってこんなむざんなおすがたにしてしまったのです。——私のこの塔のなか、私の領地であるこのランズベールの塔の最下層でそれがおこなわれていたあいだ——このいま私たちのいる同じ塔の地下で、ナリスさまが拷問にかけられ、もだえ苦しんでおられたというのに、私はランズベール侯の名を頂戴している身でありながら、何ひとつ知らされずに、何も知らずにのほほんと、棟つづきの城のなかで呑気に眠っていたかと思うと。——それを思うとはらわたが煮えくりかえってどうにもならなくなるのですよ。ナリスさまがおとめになるから、一応大人しくはしておりますが、本当をいえば、私こそ、アルカンドロス広場にかけだしていって人々の先頭にたち、ナリスさ

まになされた悪魔の仕打ちをうったえ、『国王をナリスさまと同じ目にあわせろ！』と大声で煽動してまわりたい気持ですよ」

「まあ、落ち着いて、リュイス」

ナリスは笑った。

「でもとにかく、こうしてサイは投げられ、すべてははじまったのだからね。そして私も、こんなからだになったとはいえ、まだこうして皆さんに総大将として信頼していただくことができる。この皆さんの信頼のために、私はどうしてもパロを——パロの平和を守り通さなくてはならないと決意したのですよ」

「ナリスさま……」

「ナリスさま」

ワリスは思わず、腰の剣をひきぬき、ひざまづいた。

「アル・ジェニウス。——聖騎士侯ワリス・ダーニウスのすべての忠誠はあなたさまのものでございます。——亡き先妻とその姪のあわれな魂にかけて」

「ありがとう、ワリス」

ナリスは青白い顔でほほえんだ。

「そのように思ってくれる人がたくさんいるのなら、きっとパロは救われる。きっと私たちは間に合って、パロを救うことができるだろう。パロを、ひいては中原を。……そう、もうすべてははじまっているのですから。もう私は決して後戻りしない。たとえ、この私にまだ残されているいのちのすべてをパロのために、このいくさのためになげうつとしても」

人々は、しんとなった。

それから、リギアが、そっとひざまづいて、ナリスの手をとり、そっと唇をおしあてた。

「わが唯一にして至高なるアル・ジェニウス」

リギアはそっとつぶやいた。

「どこまでも参ります。——あなたのお導きになる場所が、たとえどのような同胞あいうつ地獄であろうとも。……あなたの流された血、私たちの同胞の流したすべての血と涙のために……パロに真の平和と救いをもたらすまで」

「パロに真の平和と救いをもたらすまで」

憑かれたように、人々は唱和した。かれらの目は涙にかすみ、そしてさまざまな思いが去来するままに、かれらは剣の誓いをくりかえすことさえも忘れてこうべを垂れていたのだった。

2

結局、その夜は、何ごともなく過ぎてゆくのだ――と、クリスタルの、不安をいだくほとんどの人々は思ってやや胸をなでおろしたに違いない。

夜がふけてくると、国王は伝令を走らせて、近衛騎士団をすっかりロザリア庭園からもひきあげさせ、かわりに聖王騎士団の新しい部隊一個中隊をそこに出したが、それはもう、ただちに戦闘体勢にうつれるように、というような注意をあたえられておらぬ、いわば見張りのため、といった部隊であった。そして王室練兵場に集合した近衛騎士団はそれぞれ騎士宮へ戻り、アルカンドロス広場を見張っている聖王騎士団だけは残されていたものの、クリスタル・パレスはおどろくほど平静な夜を迎えようとしていた。

事情を知らぬものがみてもたぶん、それが第二王位継承権者のおそるべき謀反が勃発した最初の夜だとはとても思われないほど、しずかな一日であった――結局流血もこの日、すくなくともいままではほとんどないままだったし――多少、南門のやりとりでかるい負傷をおったものが出たくらいだった。広場にいたものたちは、何もおこらぬままに、（いつ、何がおこるのか）とずっと緊迫した体勢で待っていたので、それなりにかなり緊張した気持が続いていたが、それ以外の——広場のようすやパレスのようすをうわさにきいただけで、ずっとパレスからはなれたクリスタル市の地区にいたものなどは、何ひとつ日常とかわらぬ一日がただすぎていったとしか、思えなかっただろう。

「なんだか、あまりしずかすぎて、気味がわるいですわ」

リギアは、ひどく長く思われた一日のおわりに、ふうっと息をついて、ナリスにいった。

「なんだかこんなにしずかだと、いよいよあの腹黒い国王が何かたくらんでいるのに違いないと思われてきて。私、あまりに、あの人を悪く思いすぎているのでしょうか?」

「そうは思わないさ。なにしろ相手はただのレムスではないんだから」

ナリスは苦笑した。

「どうしてもそのことは、たぶん私以外のものにはあまり実感がないんだろうね。私だって、直接遭遇したわけではないんだし、こうしていたって、なんだか絵空事のような気になってくるほどだ。だが、そうではないんだ——それを信じて私は行動をおこしたんだし、そうである以上私はそのおのれの判断を信じるよ。あれはもう、レムスではないんだ。あれは、キタイの王にその魂を奪われた傀儡なんだ」

「魔道師ギルドがそう信じて、ナリスさまのお味方にたったのですからもちろん、そのとおりなのですわ」

リギアは断言した。

「でも、レムス王にせよ、そのえたいのしれぬキタイの王にせよ……同じことですわ。そんなに、力のある黒魔道師なんて、この世にいるんでしょうか？　パロは魔道の都、そして魔道師ギルドといえばその総本山……それが総がかりでもかなわないような巨大な力をもった魔道師がいて、それがあの伝説の三大魔道師のどれでもない、なんて話、なんだか信じがたいですわ。少なくとも私たちはこうして、現代の、文明の時代に生きているんであって、神話や吟遊詩人のサーガのように、神々が人間のあいだにうろつきまわっていたり、人間に化けた魔物や悪魔が存在していた、そういう時代に生きてるのではないはずなんですもの」

「そう、まさにね。……だからこそ、私は、おそれているんだ。この現代に——だからこそ、それは容易ならぬ革命、いや、時代の逆行になってしまうのではないかとね。はるかなキタイではいったいどのようなおそろしい変革がおこなわれているのか……さきも話したように、魔道師ギルドも私個人も、送り込んだ魔道師たちの尖兵は誰ひとりとして生還しなかった。あのころからもうすべては確実にはじまっていたんだ」

「どうも、そんな強力な魔道師などがいては、たとえいかようにわれわれが武力をたかめてもどうにもならない、ということだったら、すべての希望は失われてしまうほかありませんからな」

リュイスが苦笑しながらいった。

「私としては、まだまだ、私の剣にも、正義やひとの情にもちゃんと存在理由はあるのだ、と信じておりたいところですよ。さあ、だが、もうすっかり夜が遅くなってきました。ナリスさまはともかくおやすみになっていただかないと。大丈夫です。何かありしだい、ただちにお起こししますし、それにたいていのことは我々だけで対処しますよ。まだ先の長い籠城になりそうですから、ナリスさまには体力を温存しておいていただかないと」

「そうだわ」

リギアはあわてたようにうなづいた。

「ナリスさまにとってはずいぶんきょう一日で力をお使いになってしまっていますでしょう。……おやすみになって下さい。そして、ちょっとでも、あすのための体力を取り戻されて下さいな。わたくしたちには、いまとなってはアル・ジェニウス、あなたさまだけが希望なんですから」

「眠れるかどうかわからないが、やってみることにしよう」

ナリスはさいごにあちこちの斥候にはなったロルカの手の者からの報告も、何ひとつ国王がたの動きの変化を示すものがなかったのを確かめて、カイをよび、本部からひきとることにした。車椅子でランズベール塔から本丸までいちいち戻っていては難儀にすぎたので、当座はナリスの居室はランズベール塔のなかばほどにしつらえられていた。かつて、ナリスがカル・ファンに拉致される前に、ランズベール塔に幽閉されたことを知って、驚いてランズベール侯が豪華な室に移動させたことがあったが、ランズベール侯は、同じ室では縁起が悪いと考えて、違うフロアを用意したのだが室の感じのほうはそれとかなり似ていて、その下の階からは獄舎が続いているとは思われないほど、豪華で立派な室であった。

ランズベール塔の囚人たちのほうは、ナリスの命令で、国王にそむいたり、国王に反対した、というような理由でとがめられ、投獄されていたものはすべて、ナリスの味方につくかどうかを確認して釈放し、そうでないものは、いったん地下牢にうつして幽閉してあった。だから、あれほど、身分の高い囚人を幽閉するおそるべき獄舎として名前のたかかったランズベール塔には、少なくとも地上の階には、いまはひとりの囚人も存在してはいないはずであった。そのかわりに、各階のかつて獄舎として使われていた室には、それぞれに騎士たちが入って護衛や、当直の役について謀反の根拠地となったランズベール塔を守っていたのである。

「ナリスさま、だいぶん、お疲れでございましょう」

カイはナリスをその、用意された居室に連れてもどるとやっと多少ほっとした顔をした。だが、そのときかるくドアがノックされたので、あわててとんでいった。

「ナリスさま。……シリア姫さまが、御機嫌うかがいにとおみえでございますが、いかがいたしましょう」

「シリアが？　いいよ、すぐお通しして」

「申し訳ございません。お疲れだというのに、こんなときに、おしかけたりいたしまして」

入ってきたのは、ランズベール侯の息女のシリア姫であった。ふっくらしたあどけないピンクのマウリアのような姫君で、大きな青い目がかわいらしい鳩のような印象をあたえる。

カイはひそかに眉をひそめた。シリア姫といえば、ナリスがリンダ大公妃を迎えるずっと以前から、宮廷内のナリスびいきの姫君たちのなかでも有名な、ナリスに夢中で恋してやまない崇拝者であったからである。だがシリアは、おのれの訪れを誤解されぬよう、いくぶん表情をこわばらせ、入口のところに陣取って、いくぶん悲しそうな大きな目でじっとナリスを見上げた。

「ナリスさまが、ゆっくりお休みにならなくてはならないことも、いまがもう、それこそたいへんなときだということも、存じております。でも、ランズベールのお城においりになってから、まだひとこともご挨拶も申上げていなかったので……どうしても、ご挨拶だけ申上げたくて……」

「私も、あわただしかったので、あなたにもちゃんとご挨拶するひまもなくて申し訳なくてね、シリア」

ナリスは調子よくいった。そういうところは、かつての華麗な宮廷の伊達男ぶりと少しもかわってはおらぬ。

「ナリスさま……あの、おやすみのお邪魔をしないよう、手短かに申上げますけれど」

シリアはかなり思い詰めているように、ふっくらとかわいらしいえくぼが浮いた手をにぎりあわせた。宮廷の意地悪な貴婦人たちには血も涙もなくでぶだ、と悪口をいわれているけれども、リンダやアルミナのようにきわめてほっそりとはしていない、というくらいで、確かにパロの流行からはいくぶんふとりじしではあるが、その分あどけなくていかにも可愛らしい、可憐なお姫さまで、これはこれでひそかに思いをよせる騎士たちも大勢いる。シリアは、たまりかねたように、くずれるように床に膝をついた。

「ナリスさま。お願いでございます。どうか、このランズベール城においでになるあいだだけでよろしゅうございますから、シリアに、ナリスさまのお身のまわりのお世話を……お食事をととのえたり、お身のまわりに気をくばったり……何もできませんけれど、せめて、おそばにおいてやってはいただけませんか。……シリアの一生のお願いでございます。……もちろん、リンダさまにとってかわろうなんて大それたことは少しも考えておりません。いかなシリアがわがままむすめでも、そこまでおろかではございませんわ。何もお望みいたしません……ただ、ナリスさまのおそばにいて、おぐしをとかしてさしあげたり……侍女としてめしつかっていただけたら、シリアはそれでもう死んでもいいくらい、幸せなんです。ナリスさま、お願いでございます。シリアの一生のお願いをおききとどけ下さいませ」

「おやおや」

カイは、ナリスが困惑するかとはらはらしていたが、ナリスはまんざらでもなさそうにほほえんだだけだった。

「これは、光栄なお話ですが、ランズベール侯の姫君ともあろうおかたを侍女などに使っては、私がむすめ思いのリュイスどのに怒られてしまいますよ。さ、そんなふうに膝まづいたりしていてはいけませんよ、可愛いかた。立って、かわいい足が痛くなるといけない。……わかりました、それではお父様にうかがいをたててみましょう。それで、お父様が、とんでもない、ランズベール侯の姫ともあろうものが、妻ある男の——そのう、病人とはいえですね、妻ある男の身のまわりの世話など、とんでもないとおっしゃるようなら、いい子にあき

らめるんですよ。もしお父様がよろしいとおっしゃれば……」

「よろしいんですの？」

シリアはたちまち目を輝かせた。バラ色のつやつやしたほほがぱっとあざやかに染る。

「私は我儘な病人ですから、きっとあなたは一日で音をあげておしまいになると思うが」

ナリスはおおように苦笑した。もしもヴァレリウスでもそこにいようものなら、ちょっとばかり、お尻のひとつもつねってやるべきだ、と思ったかもしれぬ。

「でもとにかく、きょうはもう遅いですからね。綺麗なバラ色のお肌にさわりますから、きょうはおひきとりなさい。そして、お父様にちゃんとご相談するんですよ、シリア。でないと、私がリュイスどのに叱られる。さあ、お休みなさい。どうせ、まだ当分は私はあなたと同じ屋根の下でやすんでいるのですから」

「まあ――まあ。私、きっと父にお願いしてみますわ」

シリア姫は頬をいっそう、嬉しさに紅潮させた。それから、両手をにぎりあわせ、かわいらしく貴婦人の礼をして、はずむように出ていった。

カイがドアのところまで見送って戻ってくると、ナリスはニヤニヤしながら待っていた。

「これは、リンダには内緒だよ、カイ」

苦笑しながらいう。カイはすました顔でうなづいた。

「ナリスさまがまんざらでもなさそうでおいでだった、などということは決して申しませんです。でも、お父上はもちろん、お許しにはなりませんでしょう」

「どうだろうね。あの人もたぶんこの反乱をつらぬきとおすには死を決意してもいるだろうし……もしわれわれが破れることがあれば、あのかわいらしい姫君も、反乱軍の主だった武将の娘として、当然死罪になるかもしれぬし、たたかいの最中にいのちをおとすかもしれぬ。そう考えたら、彼女を掌中の玉のようにかわいがっているリュイスとしては、そのさいごになるかもしれぬ望みはせめてかなえてやりたい、と思うのではないかな」

「では、シリアさまを、おそばづきにおかれますので」

「彼女の気のすむ程度にね。でも、むろん、私はリンダがいるし、何もお前が心配するようなことはないよ、カイ」

「何も、心配など、いたしておりませんです」

カイは笑った。

「ナリスさまは、どのようなお立場におかれても、そのことをお楽しみになるかただ、ということは、長年おそばに仕えさせていただいて、よく知っておりますから」

主従はなんとなく、奇妙なしずけさのなかで笑い合った。そして、カイはせっせと、ナリスをベッドにうつらせ、寝支度をすすめた。長いつややかな髪の毛をすいてやり、顔をぬぐい、寝間着に着替えさせ、下着をかえてやり、そして熱いカラム水を用意して、ベッドに入ったナリスに注意して持たせてやる。

「お狭くて、ご窮屈なことはございませんか」

「大丈夫だよ、カイ。それに、思ったよりからだの調子がいい。これで今夜なにごともなければあすはもくろみどおり、パロ国民たちの前にすがたをあらわして訴えることもできるかもしれない。カロン大導師が、それについては手をかしてくれると約束してくれたのでね。……今夜だってだ。もし魔道師ギルドがこちらについて、結界を張っていてくれるというのでなければ、えたいのしれぬキタイの敵をあいてにまわして、安閑と眠っていられたものではないよ」

「それでは、お休みなさいませ。わたくしはいつもどおり、次の間におります。何かありましたら、すぐ呼び鈴をお鳴らし下さいませ」

ていねいにカイが頭をさげて、布団を直してやり、そっとろうそくのあかりを半分に切ってさがってゆく。ナリスは、ふっと疲れきったように枕に頭をつけた。

が、その蒼白いまぶたがとじるかとじないうちだった。

ふいに、ナリスはきっとなって目をひらいた。

「誰だ」

低くささやくようにいう。同時にその手が首にのび、つねに首からかけている、水晶の護符をつかむ。

「何者だ。――隠れても無駄だ。気配を感じるぞ。……ロルカ。ロルカ！」

（……ナリスさま。ナリスさま）

「……………！」

思わず――

ナリスは、自由にならぬからだのことさえも忘れて、飛び起きようとした。

だが、むろん、からだはいうことをきかなかった。ナリスはうす暗がりに目を激しく見開いて、ようすを見極めようと焦った。

「――誰だッ！」

(私の声が――私の声がおわかりにならないのですか……？)

「あ……ッ……」

ナリスは、まるで、耐えがたいいたみにおそわれでもしたかのように、かすかな悲鳴をあげて、両手をあげて弱々しく頭をつかんだ。

「ま……さか……」

(私でございます……ナリスさま……私でございます！)

「ヴァ……レ……」

ナリスの口から、うめくような叫びがもれる。

「ヴァレリウスか！」

(さようでございます……)

ささやきは、あやしくナリスの脳のなかからわきだしてくるようでもあったし、ナリスのまわりの室全部をみたしているようでもあった。

いつのまにか、あかりはすべて消えて、漆黒の暗闇がナリスをおいつくしていた。ナリスは激しくヤヌスの印を切った。

「ヴァレリウス！　どこから心話をしている！　いま、どこにどうしているのだ。早く、姿を見せろ！」

（私は……ヤーンの塔のなかにおります）

ヴァレリウスの心話が、ナリスの脳に流れこんでくる。ナリスは歯をくいしばった。

「ヤーンの塔か！　幽閉されているのか？」

（幽閉など、されておりませぬ）

ヴァレリウスの心話に、かすかに心外そうなひびきがまじる。ふいに、ナリスは、くらがりに目をほそめ、動きをとめた。

何かをつきとめようとするかのように、全身の感覚をとぎすまし、じっと心耳をこらす。

（ナリスさま……レムス陛下は、キタイの手先などではおありになりませぬ……すべては、わたくしの勘違い……いや、早とちりのせいでございました。……レムス陛下は、ナリスさまのランズベール城ご入城のことを、とても心にかけておられます。リンダさまもレムスさまと直接お話になってすっかり誤解をとかれ……もっと早くにそうすべきであったし、ナリスさまもまた、レムスさまと直接お目にかかってお二人だけでお話をなさりさえすれば——ずっと早くにこのような誤解もとけ、こんな、収拾のつかぬ大騒ぎをおこされることもなかったであろうに——と、そのようにおっしゃっておられました。そしてまた……）

「ヴァレリウス……お前……」

ナリスは、またしても、暗がりに目をかっと見開いた。

水晶の護符をつかむ手に力をこめて、口にかすかにルーンの真言をつぶやく。

(ヴァレリウス……お前……)

(レムスさまは、いまからでも遅くはない、い、い、い、い、い、そうおおせになっておいでです。……いまからでも遅くはない。これからでも気持をあらため、誤解をとき、ランズベール城をただちに出て聖王宮に伺候してくれれば、親書にあったとおり、罪一等は減じようし、また、いっそうの相互の理解に到達することもできよう。……それならば、ナリスさまのお手紙にありましたとおり、クリスタル・パレスの廷臣たちの前でレムス陛下の潔白をあかしだてることにもなろうかと……そのお申し出ならば、いつなりと受けようというありがたいおことばでございましたので……わたくしが、お馴染みがいに、ナリスさまにお伝えする役割をお引き受けすることにいたしました。……ナリスさま。しょせん、このような小兵で、ランズベール城のような半端な砦にたてこもってしまわれたところで、大パロのすべての聖騎士団を相手にどうなるものでもございませぬ。……わたくしがついていながら、なぜこのような無謀なまねをさせてしまったのかと、リンダさまにも、レムス陛下にもきついおとがめを受けましたし、また、リンダさまも、ご自分のせいだと深く心をいためておいでになりました。……ナリスさま、さあ、いまはもう何もお考えにならずと、お心やすらかに、レムスさまにお身をゆだねなさいまし……そして、レムスさまの深いお心の本当の真情をおききになれば、いかなナリスさまのかたくななお心とても溶け、晴れてまことのご兄弟とおなりになるかと……)

「ほう」

ゆっくりと、ナリスはいった。

「なるほど。それで？――面白い。もっと続けてご覧」

（わたくしの申上げることを、信じて下さらないのですか）

心話が、いくぶん、からむようなひびきをつたえる。

（いつもあれほど、わたくしの申上げることを全面的に信じて下さり、あつい信頼をかけて下さるナリスさまですのに。……わたくしは、ようやくレムス陛下とのあいだのわだかまり、誤解がとけて、本当によかったと思っております。……レムス陛下は、ただ、お心をお伝えになるのがとても不得手なおかたなのでございますよ。……しかし、ナリスさまはずっとご年長なのですし、ずっと世故にたけておられるのですから、そのような、陛下のお心をくんでさしあげないことには……）

「それで、レムスはどうしろといっているんだ？　ヴァレリウス」

面白そうにナリスはきいた。

「私に、どうしろと？」

（いつなりと、時間を決めていただければ、わたくしがあいだにたちますから……陛下と、ひそかにご会見なさいまし。ルナン侯やランズベール侯はこう申上げてははばかりながら、きわめて頑固で依怙地なおかた、いかように申上げてもお心をかえ、ゆるめて下さる見込はございますまい。……ですから、ことはわたくしがすべて運びますから、ナリスさまはご単身で……いや、なに、聖王宮にナリスさまをお運びいたすのも、わたくしがお手伝いいたします。なんでしたら、ヤヌスの塔まで、こっそりうつられ――そうすれば、ナリスさまは例の古代機械を操作なされるのでございますから、それをお使いになって、すぐにでも聖王宮へ移動なさることもできましょう。そうすれば、そこにレムス陛下がおまちになっておりますから、お二人で肝胆相照すまでお話しなさって……そうすれば、誤解もとけ、それに……」

「語るに落ちたな。ヴァレリウス」

ナリスの声が、皮肉な嘲笑をはらんだ。

「いや、とんだ茶番だったな。にせヴァレリウス」

（はて。何のことをおおせでございますか。このわたくしをにせヴァレリウスとは）

「最初から、おかしいと思っていたぞ。ヴァレリウスは、魔道師ギルドの固有の波長でさえ返答しなくなっていると、魔道師がいっていた上に……ヴァレリウスは上級魔道師とはいえ、ロルカもまた上級魔道師だ。ディランも同じく――そしていま、この室にはその二人が結界を張って私を守っているはず。同じランクの魔道師どうしなら、一人対二人で一人が勝てるわけがない。つまり、ほんもののヴァレリウスなら、魔道師ギルドの同僚であったロルカとディラン二人の張っている結界を突き破って、こともなげに私に心話で通信してくることなどできぬはずだ。……一対一ならばヴァレリウスのほうが強力らしいけれどもな」

（………）

「それに、下らぬ罠をしかけたものだ。ヴァレリウスは、私を裏切ったりせぬ。……たとえこの世のすべてが私を裏切るときがあろうとも、ヴァレリウスだけは」

ナリスは激しい罵声と同時に激しく心話をほとばしらせた。

「きさまだな、ヤンダル・ゾッグ！　言え、何のたくらみだ！　とうとうあらわれてきたのだな、私の前に！」

3

（……）

はるか彼方からの得体の知れぬ心話は、一瞬、鼻白んだかのように静寂を保っていた。

それから、奇妙な笑いを含んだようないらえがあった。

（何をおっしゃいます。どうなさったんです――いったい。よりにもよってこのわたくしを、敵の巨魁とお間違えになるとは。……ナリスさまがこの私をお間違えになることがあろうとは、思いませんでしたよ。これはまた、なんとも心外なおおせで）

「なんといっても駄目だぞ」

ナリスはそっとおぼつかぬ手をのばして、サイドテーブルの上においてある水晶球をとろうとしながらきめつけた。

「もう、私をだまそうとするおろかなまねはやめたがよい。私は決してだまされはせぬ――私のほうこそいいたいところだ。私がヴァレリウスの心話を受け間違うことがあるとでも思うのか、とな。……さあ、出てこい、ヤンダル・ゾッグ。いずれお前があらわれるだろうということは、最初からよくわかっていたのだぞ。そもそも、お前の気配はたえず私の――私とヴァレリウスのまわりにつきまとっていた。何が目当てだ、ヤンダル・ゾッグ——パロをわがものにして、そして中原を占領する、それがお前の最終的な狙いか。お前はしきりと古代機械の謎を手にいれたがっていたな……私をおのれのものにしても、古代機械の秘密など手に入りはせぬぞ。無駄なことはよせ。パロの忠誠と同様、パロの古代よりの長い長い秘密もまた、お前などの怪物の手に渡しはせぬ」

（ナリスさまは、少々錯乱しておいでのようだ）

くくく……

かすかな耳ざわりな笑い声が闇のなかにただよった。

同時に、さいごに残っていた常夜灯がふっと消えて、ナリスは真の闇のなかにとりのこされた。

（この私のことをなぜまたそのようにお疑いになるのです。……私はいつでもナリスさまのおそばにおりますのに。私ほどナリスさまのお身を案じているものはおりませんし、私ほどパロのためによかれとのみ念じているものもおりませんことを、ナリスさまだけはおわかりいただいていると思っておりましたのに……）

「もう、下手な芝居はやめろ、キタイの竜王め」

ナリスは苛々してきて叫んだ。

「お前をヴァレリウスと間違うことなど、決してありえぬといっただろう。下らぬことをしていないで、さっさと正体をあらわせ。だが私をだませるなどと思うのはやめろ——私は決してお前になど、たぶらかされはせん」

（情のこわいおかただ）

ククククク――

闇が笑った。

（それでこそ、私が唯一、アル・ジェニウスと呼んだおかた）

「やめろ」

（だが、あまりにも短気でおいでになる。……それでは、帝王としてパロのような古い国をおさめておいでになるのに、あまりにもお心が狭いと申すもの）

「おのれは……」

ナリスは苛立ちをこらえかねて、激しく水晶球の乗っていた台座を床に叩きつけた。といってもナリスのおとろえた腕の力であったから、なにほどの物音をたてるわけでもなかったが。しかし、つねに次の間で、ナリスのほんのわずかな気配にも耳をそばだて、ききのがすまいとしているカイもききつけるようすもなかった。やはり強力な結界がナリスの護衛たちとナリスをへだてているのだった。

「ロルカ」

ナリスは声をあげた。

「ロルカ。ディラン。――魔道師ども、気配を感じないのか。敵が入り込んでいるのだぞ。眠らされているのか」

（無駄でございますよ、アル・ジェニウス）

せせら笑うような心話が応えた——いよいよ、ぶきみな闇はその本性をおもむろにあらわそうとしていた。

（みな、ここに入ってまいることはできません。……せっかく、ナリスさまとこうしてお話しようというのに、不粋な邪魔だてはほしくなかったので、私以外のものが入れぬよう、ちゃんと結界を張ってございます。私の結界はたいへんに強力ですからね。それをそうそう簡単に突破できる魔道師は、このパロがいかに魔道師の都といえども、そういるものではございませんよ。カロン大導師といえども一人では、おそらく）

「私をどうしようというのだ」

ナリスは怒鳴った。

「私をいけどりにしてキタイへ連れ去ろうというのか。それとも、まだ、そのおろかしいヴァレリウスのふりの下らぬ芝居を続けるつもりか。もう、そうそうつきあってやる気にはならんぞ」

（またしても、情のこわいおっしゃりようだ）

心話はかすかに笑った。

（どうなさりたいというのです？　なぜ、配下の魔道師をおよびになりたい？　あなたの魔道師なら、最強のものがここにひかえていつなりと、御用をおまちしているではありませんか。なんなりと私にお申し付け下さい。ご不自由は一切おさせしませんし）

「もう、だから、この下らぬ茶番をやめろ。もうそれにつきあう気はないといっているだろう」

ナリスは声をはげました。

「それに、ヤンダル・ゾッグ。お前も、おそらくおのれでそう見せかけようとしているほどには、この世界でもっとも強力な魔道の主というわけではないのだな。……いや、それはそうなのかもしれぬが、世界で唯一といっていいほどの決してほかの魔道師が総がかりでもかなわぬような巨大な力の持主、というわけではない。もしもそうであれば、こうしてロルカたちの結界を突破し、ここまで入り込むことができたらそのまま、有無をいわせず私を拉致するなり、なんなりしているだろうからな。そうするかわりにヴァレリウスのようなふりをして四の五のといっていること自体が、結界を破って心話をとどかせるまでの力は持ち合せていようとも、それ以上のことが平気でできるほどにその力は大きくはないという証拠だ。……ロルカたちの結界をつらぬいて心話を伝えるために力を使ってしまっているからだろう。云え、ヤンダル・ゾッグ――お前のねらいは何だ」

（ロルカの結界など、ものの数ではございませんが……）

あいての心話は、せせら笑うようなひびきを伝えた。

（それをあまり、力づくではらいのけて、大事なアル・ジェニウスのおからだにさわりがあってもいけませんのでね。……きゃつらめ小賢しくも、ナリスさまのおからだのすぐまわりにも、御身を守る結界をめぐらしておりますもので）

「ようやく、本性をあらわしてきたようだな」

ナリスは叫んだ。

「そのほうがどれだけかマシというものだぞ。云え、ヤンダル・ゾッグ。お前のねらいは何だ」

（まだ、そのようにしてひとを怪物よばわりをなさる）

心話はさらにあざけるひびきを強める。同時に、ナリスは、ひたひたと何かあやしい濃密な、そして邪悪な気配が波のように室全体に押し寄せてくるのを感じていた。

（邪悪な《気》が室を——いや、ランズベール塔全体を蔽っている——たしかに、これは驚くべき、恐るべき力の持主といわねばならぬ……）

（それに、このなんともいいようのない邪悪な感じは……こんなに邪悪な《気》はみたことがない——いや、かつて確かに……何回か感じた覚えがある。遠く、かすかな潮騒のように……だが、こんなにも邪悪だったとは、遠くだったせいか……これほどまでに邪悪で……そして異質だとは思わなかったのだが……）

（これは……まさしく異質なのだ。……邪悪というよりも、異質、というほうが正しい……そうだ、異質……なんという異質さだろう。これは……これは一体何だろう……）

（どうなさいました）

あざけるような心話がそっとナリスの脳に忍び込んでくる。ナリスは歯を食いしばった。

（おかげんでも、よろしくないのではございませんか？　なんだか、とてもご気分がよくないごようすで……いけませんね。わたくしが見てさしあげますから、おからだの力をぬいて……そうして、警戒しておられると、ますますお疲れになりますよ。さあ、ナリスさま、もう何もお考えにならずと……面倒なことはいまはもう、お考えになることはございません。疲れて、とても疲れておいでなのですから……疲れて、正常なご判断ができなくなっておいでなのですよ。ですから、わたくしがよろしいようにしてさしあげますよ。何もかも——さあ、もう、そのように警戒なさらずに……私が何者であれ、私は私のアル・ジェニウスに忠実な部下であることはかわりはございませんよ……いつも、あなたのことはずっと見ておりましたし、あなたのお考えや、あなたのご気性もわかっております。……大丈夫ですよ。もう何も案じられることはございません……さあ、目をとじて……何も考えずに、警戒なさるのも、その水晶を握り締めていたずらにルーンの聖句をとなえるのもおやめになって……どうせ、そのようなものは、私にはきかないのでございますからね……)

「ついに、尻尾を出したな、ヤンダル・ゾッグ」

ナリスはかすれた声でささやいた。そしていっそう強く水晶の護符を握りしめた。それだけがいまや、彼を守ってくれるたったひとつの頼みの綱であったのだ。

「それでは私の結界もなにほどかの効果はあるというわけだ。……だからそうして、水晶を手放させ、聖句をやめさせようと働きかけてくるのだろう。そうだな」

(そんなことはございませんよ……)

かすかにくすくすと笑うような声。

ナリスはふと、首をもちあげて、あたりのにおいをかいだ。あやしい、いかにも異国じみた香のにおいが空気のなかに忍び込んでいた。ナリスは急いで、布団のなかに鼻をうずめ、その香をかぐまいとした。

「私を——どうしようというのだ。私をはるかなキタイの地に連れ去って、古代機械の謎を聞きだそうというのか？　だが聞きだしたところで、古代機械には近づけぬ。あれに張られた結界はパロのものではない——この地上のどのような文化とも違うきわめて特殊なものなのだからな」

（それは、存じておりますよ、アル・ジェニウス）

相手の声はいまやもう、まったくヴァレリウスのふりをしようとはしていなかった。それは、いかにも平然として、もう、おのれが誰であるかを悟られようと、知られようとどうでもかまわぬ、と開き直ったかにみえる。

（しかし、ナリスさまおひとりが、このパロで、いやこの世界でその機械の秘密を知っておられ、そしてそれを自在にあつかうことのできるおかただ、ということも、よく存じております。——ナリスさまはその結界に認められておられる。あの結界については、レムス陛下もいろいろと研究なさったのですよ。そしてその結果、おかしなことがわかったのです。あの結界は、ひとを選ぶのだ、ということが）

「……」

（というか——一体どのような仕掛けになっているのでございましょうかね。あのような科学の枠はわれわれの世界ではどの地方のどの時代にも知られておりません。——あの機械は、ひとを選んで動きます。そのひとというのは、一世代につき確実に一人しかいないらしい。古代からいまにいたるまでのパロの帝王たちですね。必ずしも帝王とは限らぬ。場合によってはそれが祭司長だったときもある。女性で、巫女姫だったときもあるが、ともかく、必ず一回に一人。そしてその選ばれた人間が死んでしまうまでは、次の——操縦者は決してあらわれない。過去のデータについてもいろいろと調べてみました。実に面白いことがたくさんわかったものです。レムス陛下もさすがに驚いておいでだったが——同時に、なぜ、それがおのれでなく、ナリスさまだったのかとかなり気分を害しておられた。いったいどのような資格審査によって、この古代機械のナビゲーターが機械によって決定されているのだろう、とですね。……選ばれた人間は、幼いころからあの機械のあるヤヌスの塔の地下に入って、おそらくは、あの機械の周囲に張られた特殊な結界——結界といっていいものかどうか、あるいはそれはごく科学的な仕掛けで、われわれのいう結界とはまったく違うものなのではないかという気もしますが——いずれにもせよそのきわめて特殊な結界が、その選ばれた人間を認識するようになる。いったいその基準はどこにあるのか、また機械そのものが思考してでもいるのかどうか、そのへんもどうしても私にはよくわからない。……しかし、あの機械は明らかに人間を識別しているのです。そして、それは声紋によってか、それとも思念波のかたちによってなのか……そのへんは何もわからない。あまりにも高度な技術すぎて、いったいなぜ、機械が近寄ってきただけでこれは接近を許してはならぬ人間と見分けて熱線で消滅させることができるのか、とうてい理解することはできない。――だが、何回もわれわれはこころみ――そして、そのたびに、何人もの犠牲者を出したのです。だんだんわかってきたのが、まずパロの人間であることが最低線だということでした。パロのきっすいのパロ民族でないものは、かなり遠くのほうから、そもそもヤヌスの塔にも入れないような段階ではじきとばされるのです。それから、パロの人間でも、ある種の訓練をうけたもの――前任者のナビゲーターから、あるしるしか、それともたぶん何かの暗号なのだろうか、それを受け取った人間だけが、ヤヌスの塔に入り、地下室まで入ることを許される。それともうひとつは、その、許可を持っている人間と同行している人間です。だがそれも地下室の上までだ。古代機械のある室へは、あなたが嘲笑われるとおりです、ナリスさま。誰ひとり――本当に誰ひとり近づくことができない。だが私のきいたところでは、ナリスさまとご一緒なら、アムブラの研究者だの、護衛の騎士などでも平気で入ることができたし、また、さきにナリスさまが外に出られてしまっても、残っていることができた。だが一回外に出て再び入ろうとするともう、ナリスさまがおられぬときには、目にみえぬ扉がたっていてぴくりとも開かなかったという報告が残っています。――それにあなたは何回か……モンゴールの公女将軍アムネリスだの、それにアルゴスのスカールだのを連れてあの塔に入られている。その記録が塔番のほうには残っています。ですから、そうやって、パロの人間でないものでも、あなたと一緒ならもっとも奥まった古代機械の秘密をその目で見ることができる。……そうですね)

「……」

（そう、そして、あなたの前のナビゲーターであられたのは、これまた国王のアルドロス三世ではなく、なぜかあなたの父上のアルシス王子だった。だがアルシス王子はあの機械を毛嫌いし、まったくそれについて研究したり、その使い道を記憶しようとはされなかった。むしろあの機械をいみ嫌って、さまざまなパロの災厄のみなもとはあの機械だ、壊してしまえ、とまでいわれたときいています。当時アル・リース王子だったアルドロス三世がその暴挙に反対しなければ、アルシス王子はあの機械を壊そうとしておられただろう、とも。……このへんの意見の違いにも、アルシス－アル・リース内乱の深い根があったのではないのですか？——だが、だから、あの古代機械にきわめて懐疑的であったアルシス王子がナビゲーターであったあいだは、あの機械は一回も使われたことがなかった。あの機械は古代には、帝王の魔力を示すために、またさらにあやしい、敵の暗殺やいくさの帰趨を決めるための隠密行動に、要所要所でたくみに使われ、パロの威厳と権威を確立するに役立ったそうですね。……だがアルシス王子はそれを、パロの暗黒部分としてとても嫌っておられたという。だが、にもかかわらず選ばれたのはアルシス王子だった。そしてアル・リース王子はそのことをこころよく思われなかったし、アルシス王子はなぜその自分が祭司長となり、アル・リース王子が王太子となったのかに納得されなかった。……だが結局アルシス王子は祭司長として亡くなられ、そのあとあなたがあの機械によって選ばれた——そう、さまざまな話を総合すると、選ぶのは本当はあの機械のほうなのですね。あの機械は自らで、次の管理者を指名するのだというではありませんか。画面に名前が出てきて、そしてその人間を教育し、その機械の管理に必要な知識や技術を身につけるための修練の方法も全部画面が指示するのだというではありませんか。……こんな不思議な機械がこの世に存在するとはね。なんとも驚くべきことです。あの機械は生きているのですよ）

「……」

ナリスは、氷のようにおもてをこわばらせたまま答えようともしなかった。だが、その全身の五感ははりつめて、あいてのことばに耳をかたむけつつ、その背後の気配を必死に探っていた。

（そう、生きている機械――なんということだろう。古代機械は生きているのです。あれはパロ帝国のいしずえとなったといわれた。あれははるかな昔から、パロ帝国の地下でずっと生きていた……息づいて、そしてそうやって自らを管理し使ってくれるものを指名し、教育し、育てて、ずっと生きてきたのです。アルシス王子が亡くなってすぐに、あなたは次の管理者として機械によって指名された。そしてただちにそれ専用の英才教育をうけることになった。パロ王家の男子はすべて古代機械の操縦のしかたを教育される、というのは、それはこのおそるべき秘密を一般に知られぬためにパロ王家がまいた嘘――いや、嘘というよりも、自衛策です。私だって、レムス陛下とともに古代機械の研究にあたってはじめてこのおどろくべき事実を知ったのですからね。レムス陛下は年はもゆかなかったからそのパロ王家の男児なら誰でも受ける教育を受けなかったというわけじゃあない。あの機械は、ひとを選び、ひと世代には必ず一人にしかその教育の課程をあらわさない。だからレムス陛下は何も知らなかったのです。私がその事実をお調べ申上げると本当に驚いておいでだった。……そして、そのあと何回ためしてみても、レムス陛下は、なんとヤヌスの塔のなかにさえ入れなかったのですよ。まるで、レムス陛下がパロの人間でさえないとでもいうみたいに）

「もう、レムスはパロの人間ではないのだろうさ」

冷やかにナリスは答えた。

「レムスはカル＝モルにのっとられ、お前に占領された、すでにキタイの人間なのだろう」

（驚いたことですよ――！）

あいては平気で、そのナリスの冷笑をうけとめた。

（あの黒竜戦役のときには、レムスさまもリンダさまも無事にヤヌスの塔にお入りになり、そしてあの機械によって送られることができた。あなた流にいえばそのときにはまだあのかたがキタイの魔道師に憑依されていなかったから、ということになるのかもしれません。だが、あのときには、リヤ大臣があの機械を操作された。あのときにはあなたがむろん、リヤ大臣に許可をお出しになったはずです。それがどんな許可で、どのように出されるのかまではわからないが、いずれにせよ無事に二人を脱出させるために、激しく戦っていてとうていヤヌスの塔にゆけぬあなたはリヤ大臣と双子の乳母に許可をさずけて古代機械の室に入らせた。そして操作させた――だがリヤ大臣は操作をあやまり、そして双子ははるかなルードの森へと送られてしまった）

「操作をあやまった？」

ナリスはききとがめた。

「そこにもお前の手が働いていたのではないのか。ヤンダル・ゾッグ――私が与えた座標は草原のアルゴスのものだった。リヤ大臣が何をどのように間違えようと、決して正反対のルードの森へなど、送られるわけはない。あのとき、お前の命令をうけてリヤ大臣はあの二人をノスフェラスか――あるいはさらにとおくキタイに送り込もうとしたのだろう。そしてそれに失敗してふたりはルードの森に送り込まれることになった。そう考えればすべての筋が通る――もうあんなころから、お前はひそかにパロに手先を入り込ませ、じりじりとパロの秘密を狙っていたのだ。そして、あの黒竜戦役そのものでさえ、お前のたくらみがからんでいなかったと誰に断言できる。すべてはお前のたくらみだ、ヤンダル・ゾッグ――お前の根強い、長年かけた陰謀の結果だったのだ」

（さあ、そこまでかいかぶっていただくと申し訳もございませんが……）

ククククク――

邪悪な嘲笑の波動がナリスを打った。

（いずれにもせよあの古代機械は、結局のところナリスさま以外の人間ではどうにもならないということがはっきりしました。ナリスさまがかつてお用いになっていた研究者を数人、ひっとらえてヤヌスの塔に連れていって結界を開かせ、機械を動かさせようとしたのですが、結局かれらはさいごの扉のところまでは、かつてナリスさまにいただいた許可の聖句の組合わせを思いだしたりしながらなんとか辿りつけたのですが、そこのところで突然に熱線によって消滅させられてしまった。それほどにあの機械のガードは固いのです。いや、以前よりもはるかに固くなったようだ、とそのときかろうじて直前に逃げかえっていのちをとりとめたものがいっておりました。とすればますますあの機械というのがとんでもないことになる——学習する機械。状況に応じて状態をかえ、警戒のつよさまでもかえてしまう機械。そんなものは見たこともきいたこともない)

「……」

(そして——まあともかく、ですからわれわれはできるかぎりのことはすべて——打てるかぎりの手はうち、すべての方法であれを調べようとしたといってよろしい。だが、結局ただひとつのことが判明しただけだった——『あの機械はナリスさまでなくては動かない』ということがね。……困ったことです。というか、不幸なことだ、と申すべきでしょうか、ナリスさまにとってはね。ククク……)

「……」

(おそらくあの機械は、念波のかたちや声の色や、すべてのデータを総合して見分けているのでしょうね。ナリスさまにそっくりな……ナリスさまにそっくりなものなどいるはずもないのですが、まあ魔道で一見はそっくりになるように作り上げたものを送り込んでみたときも鎧袖一触でしたからね。あの機械の、ときどきのおのれのあるじを識別する能力は恐しいほど精密なのです。あれほど賢い機械などこの世に存在しようとは。まさしくあれこそ異世界のあまりにも高度な文明の産物だったとしか考えようがない。生命ある、知能のある、そして永遠の生命をもつ機械――なんということでしょうね）

あやしい声は奇妙な熱意をおびた。ナリスは激しく肩で息をついた。ひたひたとおしよせる闇はいよいよ深まるばかりだった。

4

（さあ、しかし、そういつまでもこんな無駄話ばかりしているわけにはゆかない。せっかく、その驚異の古代機械に、もっとも近く親しんでおられるあなたというかたがここにおられるというのに、いつまでもいたずらにここでそれを感心してばかりいるなど、本当にばかげた話ですものね。――どうです、ナリスさま。あなたとても、あの古代機械の秘密をすべてご存じなわけではない。また、あの古代機械の操作はご存じかもしれないが、あの機械にはどのような謎がまつわっているとか、いったいあれの来歴はどうとか、それらについては決してそんなに詳しくご存じなわけではないはずだ。そしてあなたはそれを知りたさに多額の金と大勢の研究者とたくさんの時間をこれまでついやしてこられた。……だがそれでわかったのは、本当にがっかりするほどにささいなことでしかなかったはずです。それでよろしいのですか？　あなたの好奇心は、まだまだまったく満腹するには程遠いくらいの食物しか、あてがわれていないのではないのですか？）

「その手には乗らぬ」

冷ややかにナリスは吐き捨てた。

「そのように美辞麗句をついやしても無駄だぞ、ヤンダル・ゾッグ。私は古代機械の謎をときあかし、この世界生成の秘密をきわめたいという最大の野望さえも、このパロをお前の侵略から守るために葬り去ろうと心に決めたのだからな」

(そのお覚悟はまことに健気のきわみかと)

くっくっと、不愉快な笑い声を、謎めいた闇がたてた。

(しかしながら、それをうかがうと、まだまだクリスタル大公アルド・ナリスもお若いのだなと思わざるを得ませぬなあ。ナリスさまは頭から、パロを侵略するものは悪いと決めつけておられる。だが、パロとてももっともはじめには、侵略によってこの国家をうちたてた筈――時がたてば、その過去も忘れられ、聖王家こそ唯一絶対の君主、正しき支配者として崇敬を集めもしましょうが、そもそものはじまりには、ここには土地神をあがめる素朴なる民がひっそりと暮していただけであったはずで……それを思えば、何が侵略で何が侵略でないかをさだめるのはただ、時の流れだけのはずでございましょう。そのようなことはつい先日、ナリスさまご自身が、ゴーラの新王イシュトヴァーンについておおせになっていたように思われますが)

「なぜ、そのようなことを知っている」

ナリスはけわしくとがめた。

「その手には乗らぬ。お前は私をいつも見張っているふりをしているだけだ、結界のなかをすべて見通せているわけではない」

（それはもちろん。あなたさまの結界はたいへん強力でございますし、あなたはいつも用心深いおかたですし）

かなりの皮肉をはらんであいては囁いた。

（私があなたでしたら、たとえ命の危険を犯してでも、古代機械とこの世界の最大の秘密をときあかすためならかまわぬと思うでしょうに。――私とあなたの知識と知能とを集めれば、この世界にたとえどれほど強力な魔道師がいようと、どのような敵がこようと、どれほど深い秘密であろうと決して敵することのできるものはないでしょうに）

「そのような甘言はレムスにでもすることだな。私はそのようなことばにたぶらかされはせぬ」

（それはよく存じております。それで私もいろいろと考えましたので。――どうすれば、あなたが、私のいうことをきいて下さるか、ということを）

ナリスの脳のなかにひびく声のなかには、何か、不快な、ぞっとするような嘲笑――嘲笑というよりも、サディスティックな喜悦の笑いのようなものが入り込んできた。ナリスはきっとなって水晶球を握り直した。

（あなたはまことにつよいおかただ、アル・ジェニウス。その意味では、カル＝モルがレムス陛下にとりついたというのはまことに正鵠を射ていたのだと申せましょうな。あなたはさまざまな不満や鬱屈をかかえておいでにはなったけれども、それをたくみにおもてにも出さず、ひとが心のすきまに入り込もうとしてもなかなか心を許されず、つねに表面は愛想よく、とりつくろっておられた。――ところが悪霊などというものは、ひとの鬱屈した心のゆがみや傷にとびついてとりつくものでございましてね。なればこそ、レムス陛下はとてもとりつきやすい対象だったようで……カル＝モルにとってはでございますね。……だが、そのあなたの強さが逆にあなたの不幸を招いているのですよ、アル・ジェニウス。それほどに強くもなく、もっと愚かでもっとものごとがわかっておいでにならなかったら、こんなからだにされることもなかったし、いまになってさらにこんなからだになった身をこうして執拗につけねらわれることもなかった。……もしもレムス陛下が、ナリスさまが死なれてから、古代機械が次の管理者として選ぶ可能性がちょっとでもあるかただったなら、たぶん、あのときランズベール塔であなたはいのちを落としていたでしょうが……生憎と、レムス陛下はすでにヤヌスの塔へ入ることさえお出来にならない。リンダさまもたぶん違う……となるといまのパロの王族には適性がありそうな頃合の男の子はひとりもいないということになってしまうので……あなたには、どうしても生きていていただかなくてはならなかったし、しかもそれで、あなたのさまざまなお力で防衛されていては困る状態だった。いまのあなたは自分の力では動くこともできぬ生き人形だ。その生き人形になってもなお、あなたはこうしてパロを守ろうがために立つ。――見上げたものだ。いじらしいと云おうか、健気といおうか――だが、所詮はかよわい人の子にすぎぬ。われの前には、その健気さがなまじかえって仇となる)

(………!)

ナリスは、はっと髪をふりはらい、おもてをあげ、見えるとは思えなかったがまじまじと闇に目をこらした。そうせずにはいられなかったのだ。いつのまにか、じわじわと、つつみこむように心話の《声》が変っていた。

嘲笑うような、底意地の悪そうなひびきはそのままだが、これまでの、一応はヴァレリウスを装おうとしていた、普通の人間らしいようすも、喋り方も――何もかもが、じわりじわりと気づかぬうちにいれかわり、まったく異なるものに変貌をとげていたかのようだった。あやしい、圧倒的な力を感じさせる、どす黒い念波の巨大な津波――あえて言葉で表現すればそうとでもいうしかなかっただろう。ひたひたと押し寄せてきていた黒い遠い波が、いまや巨大なぶきみな波がしらをみせつつ、ナリスを飲み込もうと近づいてきた――そんなような印象があった。

（ヤヌスよ、守り給え――ヤーンよ、われに力をかしたまえ。父なるルアーよ、われに勇気を、母なるイラナよ、われに勝機を与えたまえ）

思わず、ナリスは口のなかで狂おしくルーンの聖句をとなえた。念波そのものがまるでどろどろとした闇の生命ででもあるかのように、いまや念波はナリスをかろうじて包み込んでいる、ナリス自身の張った結界のまわりにおしよせてきている。それがぶつかってくるとなんともいえぬ不快感のようなものが走る。ナリスは金縛りにあったように、ベッドの上でおのれのからだが動かなくなるのを感じた。

（これほどまでか……これほどに強力なのか。パロの誇る魔道師の塔がすべて総がかりになってさえ、たかが一人の東方からきた魔道師になすすべもなく蹂躙され、結界を破られ、いいようにされるほどに……それほどまでに、ヤンダル・ゾッグの魔力は大きいのか！）

ナリスは唇をかんだ。

「何者だ――ヤンダル・ゾッグ！　一体、きさまは何者だ！」

（われは……東方を制する東竜王――）

いんいんとひびきわたるような心話が、ナリスの頭のなかですさまじい反響をひろげた。

ナリスは思わず悲鳴をかみころした。

（いまははや、何をつつみかくそう意図もあらぬ。……アルド・ナリス、希代なる対面だな。長い、長いこと、この時を待っていたぞ――そなたとこうして、ゆっくりと語りあえるその時をな……）

「はじめから、そのように、下らぬ茶番などみせずに本性をあらわにしたほうが、どれほどか話が早かったはずだぞ、竜王」

ナリスは、あえぎながら激しく心話を返した。まるで、ベッドのなかに横になったまま、上から何万スコーンもの重さでおさえつけられているような、少しづつからだが地面の下までも沈んでゆくような奇妙な圧迫感があるのだ。そして、頭のなかで竜王の心話がなりひびくたびに、頭のなかで巨大な鐘を鳴らされてでもいるかのように、激しい頭痛とともに頭のなかをひっかきまわされてでもいるかのような衝撃が襲ってくる。

（くそ……ロルカは、何をしている……こやつの魔力は、魔道師ギルドを一瞬にして全滅させるほど強いのか……それとも、かれらは……気づきさえしないのか……）

(ナリス――アルド・ナリス。われはずっと久しきかねてから、そなたとこうしてまみえたいと思っていた)

いまや本性をすべてあらわにした竜王はささやきかけるように心話を送り込んできた。心話そのものはささやきであっても、送り込まれる衝撃の強さは圧倒的だった。いまやナリスの周辺はすべて生命あるどろどろした闇につつまれ、そしてその闇全体がナリスのからだをしめつけてくるような、奇怪でぞっとするような悪夢にとらわれてしまったような感覚があった。

(この世に、われが価値ありと認めるものはいくつもないが――そなたはその数少ないもののひとつだ。……そなたはわれの注意をひく。ごく幼いころから、そなたはその美しさでわれの注意をひいていた――だが、長じるにしたがって、むしろそなたはその気性とそしてその知性とでわれの興味をひくようになった。……あまりにもなみはずれた知性をもつものはこの世では孤独なのだよ、アルド・ナリス。それはそなたも知っていよう通りだ。われはそなたと話してみたかった。そなたの知性が、われの知性の見出したものについてどのように評価を下し、なんと洞察するかに耳をかたむけてみたかった。古代機械については特にそうだ。パロを侵略したのはひとつには、むろん予定どおりの計画だが、いまひとつには、パロを手にいれればクリスタル公アルド・ナリスが手に入る――古代機械もろともな――それが、大きな魅力だった。あの古代機械にそっくりなものは、というよりも、かたちや性質はまるで違っていても、明らかに同じ文化に属していると思われるものはこの世界にいくつか点在している。ノスフェラスの星船しかり、そしてレントの海のある小島にある奇怪な洞窟しかりだ。……その洞窟については、むしろ、古代機械との関連というよりはノスフェラスの星船との共通点のほうが大きいが——星船そのものはきわめて、古代機械と似通った性状をもっている。ひとことで云えば、アルド・ナリス、これらの機械は生きているのだよ。……そして、それそのものが発展し、成長し、判断するのだ。それらの部品ひとつひとつは、ごく普通の機械にすぎず、べつだん何もほかの機械——われら竜人族の先祖がかつて持っていたと伝えられる文明にあったようなそれとも変ったところはないのだが、ただ、驚くべきことは、それらを統合し、ひとつの目的のために統御する機械の心臓部——脳にあたる部分といってもよかろう。それは、生きているのだ。そうとしか思えぬ——いや、もちろん、それは人工の生命なのだろうが、それは生命をもっていて、おのれが判断し、思考し、識別して、すべてを行なう。ノスフェラスの星船の周囲にはりめぐらされているあのすさまじい結界と、ヤヌスの塔の古代機械に機械が選んだ管理者以外誰も近づけぬようにしているあの結界とはある意味性質がよく似ている——そして、その——古代機械はどうかわからぬが、星船の深奥に眠っているあやしいひとつ目の胎児状の怪物……これは、レントの海にあり、古代遺跡とそれを守る怪獣がいると言い伝えられていたガング島の地下洞窟にも、またかつて我々の先祖がはるかな星の海のはてで発見した生命の源なる星ユゴスにも存在していたと伝えられる怪生命体とまったく同じ形状のものだ。それを、われわれの祖先は《フモール》とかりに名づけていた。《神の種子》という意味だ)

（神の……種子……）

はからずも、ナリスはつりこまれて、くりかえしていた。

（そう、神の種子だ。……我々は、あのひとつ目の赤ん坊、手足もない、巨大なうじ虫のような赤ん坊こそ、あの星船や古代機械のなかにおさまっていてそれを制御する役割をはたしている人工生命――知能の部分をつかさどるものではないかという仮説をたてたのだよ。あれがおさまってはじめて星船は完璧に統御される。ほかの部分の多くはそれ自体は思考能力や判断力は持っていない。それらはただ、命令がきたとおりに動くだけの話なのだが、あの《フモール》は、すっぽりとそれらの機械生命体のなかにおさまりこんで、そしてそれを全体をひとつの生命体にする。……われわれのからだというものが、それ自体ひとつの宇宙だということを知っていたか、ナリス）

「……」

（まだ、この時代の文明はそのようなレベルまでは進んでおらぬのだな。われわれ竜人族の祖先ははるかに高い文明をもっていた。われわれははるかな星の海を我々の文化が作りだしたつたない星船によってのりこえてきたのだ。われわれはこの星に落ちて、そしてそこでほそぼそと生き長らえてきた竜人族の末裔だ。だから、われわれはこの星の固有の文明のレベルよりもずっと高い科学の知識を先祖から伝えられてきている。――それによれば、われわれのからだというものはそれぞれが有機的にからみあったひとつの小宇宙であり、ということは逆にいえば宇宙というものはそのなかにはらんでいるさまざまな要素によって構成されたひとりの人間かもしれないのだ。——むろん、我々の思うような意味での人間とは違うにせよな。……そのような例えをもって考えるともっともよくわかる。一人一人の人間は一つの小宇宙であり、それがさらにより大きな世界の一部となって、最終的には宇宙を構成してゆく。その宇宙がまた、次なる巨大な世界の構成因子となる——そのようにしてどこまでも、因果の連鎖は続いてゆく。……だからこそ、ひとと同じ生命のかたちと考えれば、あの生体宇宙船の脳髄にあたるものがあの《フモール》だったとしても何がおかしかろう。それがおさまってはじめて星船は完璧になるのだ。……古代機械はどうかわからぬ、それを分解してみたものは誰もおらぬのだからな。だがあの管理者を指定する驚くべき技術からすれば、そのなかに確かにあるおそろしくレベルのたかい知性が存在しているのは確かだ。……たくさんの謎がある。あまりにもたくさんの謎が——古代機械はヤヌスの塔の地下にありながら、どのようにして、次の管理者を見付けだすことができるのだろう？　誰も、くわしいパロの聖王家の戸籍などをたびごとに古代機械に送り込んでいるわけではないようだ。それにもまして……管理者が死んだことを古代機械はどのようにして知るのだろう？　それを報告せずとも、古代機械は、管理者が息をひきとるとその瞬間に次なる管理者を指名し、それの教育の方法を指示するというではないか。ということは——指名され、選ばれた管理者は、明らかに古代機械となんらかのかたちでつながることになるのだ。そして古代機械の——これはわれの考えだが、古代機械の一部となるのではないか。その巨大な《フモール》のように、古代機械のなかに脳の一部——それとも全体がつながり、古代機械は動くためにはそれを必要としているのではないか。だとすれば、なおのこと、そなたはこの世にきわめてかけがえのない存在だということになる。……そなた自身が、古代機械を動かすためのキイワードそのものだ、とさえいえるかもしれないのだ……）

（……）

ナリスはとっさに、頭のなかにどうしても浮かんでくる記憶を、読み取られまいと心をとざした。

だが、竜王のことばはどうしてもナリスに連想させずにはおかなかった。

（スカール……スカールは……星船の扉をひらくキイワードを、ロカンドラスからさずけられたといった……ロカンドラスは自らの死期をさとり、それをスカールに伝えたのではないかと……あまりに、その話は、竜王のことばと共通点がある……）

（われとともに来い、アルド・ナリス）

竜王の忍び込むようなささやきが、圧倒的な圧迫感にまで高まった。

（さすればお前のすべての望みはかなえられる。この世の栄華と権力のすべても、そしてまたこの世の最大の謎をとくことも、すべての秘密を手中にすることもだ。……お前とわれが手をくみさえすればそれが可能になる。——来い、アルド・ナリス。われが望んでいたのはお前だ——お前だけだ。古代機械の神聖な選ばれた祭司たるお前——ともに手をたずさえて、古代機械と星船との秘密をとき、この世界の生成の秘密と、そして最大の、この世界の歴史そのものにまつわる秘密をとき、世界のすべてのことわりをわがものにするのだ。どうだ——

—胸がおどるだろう。そなたの知識欲はどのような野望よりも巨大なはずだ。われとともに来るがいい、アルド・ナリス。われが待っていたのはこのときだ——下らぬパロの聖王座など争っているのはやめろ。そのようなものが欲しければもっともっと巨大な玉座をくれてやる——キタイのわれの隣の玉座をでもな。それで満足するがいい。さあ、来い、ナリス——お前がうんといいさえすれば、その結界ははがれおちる。さあ、ナリス、このようなもうすでにわれの手におちたパロなど見捨てて、真の権力と力と暗黒、そして魔道の力の集結するキタイへ来い。さあ、来るのだ……結界をとき、その手をのばせ……）

「ふれるな！」

ナリスは激烈な声をあげた。

「私にふれるな！　何があろうと、どのように甘言を弄しても無駄なことだ。私はきさまなどに、だまされはせぬ！」

（騙してなどおらぬし、これは甘言でもなんでもないさ）

竜王は忍耐づよく口説きにかかった。

（お前はパロにいるべき存在ではない。お前には、いずれすべての知識と文化の集中してゆくキタイこそがふさわしい。キタイの新都シーアンはすでにお前を待ち受けている——われと来い、アルド・ナリス。それによって、パロもまた……クリスタルも救われるのだぞ。聡明なお前のことだ。われのこのことばが何を意味しているか、わからぬわけはあるまいな）

「なんだと……」

(そう、お前さえキタイに来れば、すでにわが傀儡となりたる王のおさめるパロには何の用もない。パロをパロの民の手にかえしてやろう。そして、ヤヌスの塔の古代機械の秘密をときあかせば、パロとキタイとは自在に行き来できるようになる——このはるか何千万モータッドの距離などないもののように自在に往復できるようになるのだ。時代はかわる——そして新しい時代がはじまる。お前ならそれができるのだ。お前のこのちゃちな反乱軍など、とりひしぐことはわれの魔力の前には一瞬だ。それのわからぬお前か？　それでもなおお前はさながら戦車にむかうかよわいリーラ鳥のようにその不自由なかよわいからだでわれに立ち向かうつもりか？　それほどに、愚かなお前ではないはずだ。アルド・ナリス——さあ、われに身をゆだねよ。そしてわれとともに古代機械の秘密の扉をひらくのだ……一瞬ののちにはこの世界の最後の秘密がわれわれのものとなる……どうだ、ナリス、お前とても、古代機械の秘密を知りたいと——お前ほどこの世の誰よりもそれをときあかしたいと望んでいた人間はほかにはおらぬはずだ。そうだろう、ナリス……さあ、われに下れ、ナリス……そしてわれとともに、キタイへ……)

「イヤだといったら？」

(埒もないことを)

苛立ったように竜王の気配はこたえた。

(このようなくだらぬおどしをかけるのはわれの好みではないが——パロの運命はすべてお前の決断にかかっている。そのことは、お前もわかっていよう、アルド・ナリス)

「それは単なるお前のおどしにすぎぬ。脅迫者はつねに、そうして脅迫をふりかざすものだ。だが私を動かすことはできぬ。私は決してお前のもとには下らぬ」

(それはどうかな)

かすかなあざけりがまた、念波に加わった。

(お前はいま、われのもとで、身動きもかなわぬようにおさえつけられているではないか。——すでにお前はわれのものであるも同然——そのことも考えてみたがいい)

「ならば、なぜそのように執拗にかき口説いているのだ、ヤンダル・ゾッグ。……私にはちゃんとわかっているぞ。お前はおのれがいうほど強力ではない。私のこの結界を破ることもお前にはできぬ。だからこそ、お前はそうやって、力づくで有無をいわさず私を拉致してゆくかわりに延々と執拗に口説いて私をうんといわせ、私をお前のもとに下らせようとしている——お前は、私の同意なしには、私の結界を動かすことひとつできないのだ」

(黙れ、アルド・ナリス)

竜王の念波はようやく、激しい苛立ちをひそめはじめてきた。激しく気配がどろどろと揺れ動きはじめ、ナリスは歯をくいしばった。

(あまりいい気になるな。いまおのれがどのような状況におかれているか、忘れぬことだな。いま、こうして丁重にわれに下れと話をもちかけてやっているのは、われの温情というより、せっかくの美しい生き人形たるお前をなるべく無傷のままわれのものにしたいものだ、というわれの心のゆえにほかならぬのだぞ。そうでなければ、われにはお前をのっとり、そのま

まキタイへ連れ去ってゆくのもたやすいことだ）

「ならば、そうしてみるがよいさ、ヤンダル・ゾッグ」

ナリスは嘲笑った。

「だが、さいぜんお前は自分でいったな。レムスが、キタイの悪霊に憑依されたがゆえに、ヤヌスの塔に入ることさえ得なくなったと。……お前は、確かに愚かではない。お前は知っているのだ。お前が私を力づくで奪ったり、あるいは魔道によって私の心を操ることでは、決して古代機械の秘密を手に入れることはできぬのだとな。——古代機械がきわめて高度な識別によって管理者をさだめる、といったのもお前だ。……古代機械は憑依され、操られている私では受付けぬ——どうやってかおそらくそれもお前は確かめたのに違いない。だからこそ、どうあっても私自身に協力させて、なんとかして古代機械を動かさせようとしているのだ。さいぜんからの話をきいていて、私にはよくわかったぞ。それがお前の弱点だ。お前がどのように巨大な力をもっていたにしたところで、それを自在にふるうことができなければ、このかよわい私をひねりつぶすことも、のっとって従わせることもできぬ。だからこそ、お前は、甘言を弄したり、あれこれと駄弁を弄して私をなんとか説得しようとまどろこしい手をつかわねばならぬのだ。そうだろう、ヤンダル・ゾッグ」

（………）

一瞬——

ナリスは、彼をとりまいている濃密な闇の波動が、おしころされた恐しい怒りにゆらぐのを感じた。それはあたかも、地獄の底の深淵がざわざわっと揺れ動いたかのようであった。

第四話　流血の日

1

「愚かなことをたくらんだものだな、ヤンダル・ゾッグ」

ナリスは身をおこすこともかなわぬまま、冷やかに決めつけた。

「そのような小細工で私の心をちょっとでも動かすことができると思ったとはな。それにもまして、そのような下らぬことばで私をたぶらかすことができると思うとは。お前がその程度のものであったというのなら、私はお前をひどく見損なっていたものだ。なかなかに失望させられるな、お前には」

(何をいうか)

なおも、竜王の念波はそれでもゆとりめいたものを残していた。その底に、それまでにはなかったゆらゆらとゆらめく怪しい憤怒を懸命におさえながら、それでもまだ、情理をつくし、ことばをつくしてナリスにじりじりと迫ってこようとする、ぶきみな忍耐をみせて、おそるべき地獄の深淵のような怒りを押し隠しているかに感じられる。

（お前は、われのいうことばが本当にわかっておらぬのか、それともわかっておらぬふりをしているのか？　お前はすでにわれのツメの下につかまれた小鳥も同然なのだぞ。お前を一瞬につかみつぶすはわれにはたやすいことだ）

「ならば、そうしたらよかろう、ヤンダル・ゾッグ」

ナリスは毅然と云い放った。

「お前にできるのは私を殺すことだけだ。そうすれば古代機械の秘密は永遠に失われる——そのあとにどのような管理者が選ばれるのか知らぬが、いずれにもせよその者は私同様、パロのためにしか動かず、古代機械を動かすにさいしてパロの利益のためにしか操作せぬようにという教育を受けるのは確実だからな。そしてその者がちゃんと操作を身につけるまでにはさらに長い年月がかかる——お前はそれほどの長さを待っている気にはなれまい。お前は私を殺すこともできず、のっとることもできず、ただ私の心を動かそうといたずらにことばをつらねているだけだ。お前には何も出来ぬのだ、ヤンダル・ゾッグ」

（あまり、調子にのらぬことだ）

ようやく——

じわり、と、竜王の念波はその本性をかいまみせるかのように、どす黒いどろどろとした怒りを漂わせた。

（われをあまり見くびるとあとで痛い目をみることになるぞ。……もとよりわれの偉大なる力をもってすれば、お前如きをとりひしぐのなど、小鳥一羽をひねるようなものにすぎぬのだということを忘れるな。それに、また、お前は忘れているようだな——いま、われの手のなかに、どのようなお前の弱点がひそんでいるかということをだ）

（………）

ナリスは、ゆっくりと息をととのえた。

「いつ、それを持出すかと思っていたぞ、ヤンダル・ゾッグ」

冷たく、吐き捨てるような心話を叩きつける。

「ようやくすべての本性をあらわしてきたというわけだ。いいから手の内をすべてさらけ出してみせるがいい。もう、いまさらことばをとりつくろい、きれいごとをならべたてたところで誰もだませはせぬ」

（この期に及んでも強がりか。気の毒な性格だな、アルド・ナリス）

おのれの優位をあらためて確信したかのように、ヤンダル・ゾッグはあざわらった。

（では、見たければ見るがいい。そのためにこうしてわざわざ、夢の回廊をあけてやったのだからな。さあ、見ろ、アルド・ナリス——そして、われに哀願するがいい。あわれみをもっておのれの降伏を受入れてくれるようにとな）

ククククク——

耳をつきさすように耳ざわりな笑い声がなりひびいた。

それはそのまま室全体にさえひろがってゆくかと思われた——暗い、真の闇につつまれていた部屋が、まるでその哄笑にたち割られたかのようにふいに一条の光におしひらかれ、そのなかにおぼろげな映像が浮び上がった。

(リンダ——)

ナリスはくちびるをいたいほどかみしめる。すでに、いずれ確実に竜王がそうして、人質にとったものたちをふりかざしてくるだろうとは、ナリスには十二分に予想されていたのだ。そのときの心がまえもまた十分についていた。ナリスは水晶球を握りしめたまま、その映像に目をこらした。

(リンダ)

彼の最愛の妻がそこにいた。

塔のなかとおぼしい、ごく小さな、白い壁布の張られた一室のまんなかに、リンダはじっとうずくまっていた。ベッドに腰をかけたまま、何かを念じるように目をとじ、両手を組合わせて何かつぶやいている。そのくちびるが祈るように動いているのをナリスはじっと見つめた。

(どこにも……危害は加えられた痕跡はない……むろんだ。王姉にして第一王位継承権者ともあろうものに、そうそうかんたんに危害を加えたとしたら、いかな王といえど、パロ国民の激怒にあう。……この塔はどこだ、この壁のようすと、それから……くそ、窓があれば大体どのあたりか景色から推測がつくのだが……)

(どうした?)

ヤンダル・ゾッグはあざけるように、妙におだやかな心話を送り込んできた。

（大人しくなったな。妻の身が——かたちばかりの妻の身が心配なのか。あれほど長いこと、名ばかりの妻として放っておいて、それでも妻の身は案じられるか？　可愛想に、お前の妻はずいぶんとお前に貞淑だぞ。お前の身を案じてずっと寝もやらず、ルーンの聖句をとなえつづけている）

「……」

ナリスは煮えたぎる胸をじっとなだめすかすように、ぎりぎりと歯を食い縛った。

「私を……このような人質をたてにとって屈伏させようと思っても無駄なことだぞ」

その食いしばった歯のあいだからうめくような声がもれた。

「私は決して本当の大義を見失ったりはせぬ。——私にとっては、妻よりも……妻よりも大切なものがあるのだから……」

（ほう）

いまやふたたび完全にゆとりとあざけりのひびきをとりもどして、ヤンダル・ゾッグがささやきかけてくる。

（これは強気だな、クリスタル大公どの。やはり形ばかりの妻では、お前への本当の切り札にはならぬとでもいうのか？　あれほど貞淑な、あれほど尽くしてくれる、あれほどよくしてくれる妻にたいして、ずいぶんと冷たいことだな。お前は所詮そういう人間なのか？　パロのためと称しておのれの安全のためになら妻も平気で見捨てる——そういう人間なのか）

「云うな！」

ナリスは青白いほほにさっと朱の色をはいた。

「人質をとり、私を屈伏させようとする卑怯きわまりない魔物にそのようなことをいわれるすじあいはない。それに、お前は……リンダにも手をだすことはできぬのだ。これもまたお前の下らぬこけおどかしにすぎぬ。もしもリンダにちょっとでも危害が及べば、パロの国民はすべてレムスを見捨てるだろう。お前はそれを知っているのだ。それゆえ、お前にできるのは、リンダを軟禁し、その映像を私にみせて私を動揺させようとはかることだけだ。リンダの髪の毛ひとすじ、傷つけることはお前にはできまい」

（これはまた舐められたものだな）

竜王の念波は邪悪な笑いをふくむ。

（ではどうあってもお前の妻をどうにかして傷つけてほしいとでもいうのか？　そうせねば、お前がわれの恐ろしさを理解できぬというのなら、かまわぬとも。妻を拷問にかけてもやろうし、お前の妻をはずかしめることもたやすいことだぞ——傷つけたことが国民に知られれば問題にもなろうが、あの塔のなかでは、何がおころうと見ているのはわれの配下だけ——そこから秘密がもれる気づかいはないゆえな。ククククク）

「好きに——」

ナリスは激しく髪の毛をふりはらって顔をそむけた。

「好きにするがいい！　リンダも聖王家の王女にしてクリスタル大公の妻——パロを守り、聖王家の誇りを守るためならば、どのような苦痛をもあえて受けようし、どのようなはずかしめにあってもその志を枉げることはない。お前のはずかしめをうければ彼女は舌をかむだろう。そうなれば私も後顧の憂いはない。妻の復讐にどこまでもきさまをたたきつぶすだけだ！」

（強気だな。アルド・ナリス）

竜王は笑った。いんいんとひびきわたる嘲笑が、闇をゆるがせた。

（ならば、これはどうだ。お前がたぶらかし、お前がその一生を狂わせた男——お前にだまされてお前につきしたがうことを決めたばかりにこのざまだ。あわれとは思わぬのか？）

（………）

ナリスはひるんだ。

思わずそのまぶたをとざし、あらたにそこにくりひろげられる映像を見まいとするかのようにきつく目をとじてしまう。だが、躊躇は一瞬でやんだ。かすかなうめき声が闇のなかからきこえてきたからだ。

ナリスは激しくくちびるをかみしめた。そしてかっと暗闇に目を見開いた。

リンダのとじこめられている室の映像はかき消えていた。闇のなかに、さらに反対側から一条の青白い光がさしこんで、別の場所をそこにうつしだしていた。ナリスはゆっくりと息を吸い込んだ。

（ヴ、ヴ、ヴァレリウス）

（やはり……とらわれていたか。ヴァレリウス）

そこは——

どこかの塔の地下とおぼしい、石づくりの壁がつづく重苦しい一室だった。

リンダのとじこめられていたのは、まだしも、狭いとはいえちゃんとベッドのかたわらに机と椅子もあり、それなりに調度もととのった、そこそこ小綺麗な室のなかのようだったが、いまうつしだされている場所は、陰惨きわまりない、重罪人かそれとも重大な告白を絞りださねばならぬ者を拷問するための地下牢としか見えなかった。壁に埋め込まれた大きな環から重たげな鎖がぶらさがっていて、その鎖のさきに手かせでつながれ、床の上になかばうつぶせるようにしているのは、灰色の目の魔道師だった。だが、それが彼であることを見分けるには、獄吏が力まかせに長い乱れた髪の毛をひっつかんで顔をあげさせるまで待たなくてはならなかった。日頃身につけている、彼の象徴ともいえるものはすべて——魔道師のマントも、額の《第三の目》も、そして首からさげた水晶球も、なにもかもはぎとられていたからである。彼は下帯ひとつで冷たい石の床にうずくまり、その痩せた背中は一面にむざんな鞭のあとで縦横に傷ついて皮膚が裂け、血が滴っていた。彼はすでに相当にいためつけられたあとのようだった。ぐったりと鎖からぶらさがっていなかったら、そのまま床の上にころがってしまっていたのだろう。石畳の上に血だまりができていた。こびりついた血が背中から腰へ、そしてやせて骨ばった足にまでしたたりおちてかわいたままになっている。竜王の命令が心話で下されたらしく、黒いフードでふかぶかと顔をつつみこんだ獄吏が彼の髪の毛をたばにしてひっつかみ、ぐいと顔をあげさせた。

（見ろ）

竜王の心話がひびきわたった。彼はなかば気を失いかけていたが、ふいに、はっと正気にかえったかのように目を開いた。最初はおのれの見ているものが信じられないかのようにそのひびわれたくちびるがかすかに動き、そしてそれからその目がまたたき、おちくぼんだ眼窩のなかで眼球がきろりと動き——それから、大きく見開かれた。

「ナリスさま」

　そのかわききったくちびるが、何回か懸命に声をしぼりだそうとし——舌がくちびるをなめ、そしてまた、かすれた声にもならぬ声がもれた。おそらくはさんざんに鞭打たれているあいだにさけびつづけて声がかれてしまったのだろう。

「ナリス……さま……」

　ヴァレリウスの唇から、うめきとしかきこえぬ声がもれた。同時にその唇にかすかな、なんともいいようのない微笑がうかんできた。

（ナリスさま……ナリスさま……ご無事で……）

（ヴァレリウス……）

　ナリスはあえておもてをそむけようともしなかった。まっすぐにその、凄惨な、殉教者にも似たやせほそったからだに加えられた無残な虐待のあとを見下ろした。そのおもてにほとんど傲慢とさえいいたいほどの、高貴なさげすみの表情がうかんだ。

「なさけないざまだな、ヴァレリウス」

そのくちびるが動いた。

「あっさりと敵の首魁にとらわれるとは。——お前だけが頼みの綱だと知っていながら、なんというざまだ」

「ナリスさ……ま……」

ヴァレリウスのくちびるがかすかにまた動いた。

明らかに、ヴァレリウスのほうからも、こちらは見えているのだった。それもまた竜王のたくみだったのだろう。主従をおたがいに見えるように回廊を通じて、それによってたがいを動揺させようとしているのだろう。ナリスはあざけるようにくちびるをゆがめた。

「それで、どうしようというのだ、ヤンダル・ゾッグ？　私が、この者のいのちごいに、パロの最大の秘密を売り渡すとでも？」

（そうせぬというのか、ナリス？）

竜王の心話がねばりつくような陰険さをおびた。

（よくもまあ強がるものだとその性根だけは褒めてやろう。だが、われの前でいかにつつみかくそうとて無駄なことだ。われにはお前のオーラが見えるのだからな——お前のオーラは揺れ動き、動揺し、いまにもゆらめきたって燃えつきそうになっている。……よくもそこまでおのれをつつみかくし、偽ろうとできるものだな、アルド・ナリス）

「なんとでもいうがいい」

ナリスは冷やかにいいすてた。

「私はクリスタル大公アルド・ナリス――いや、いまは神の命により、みずからパロ聖王アルド・ナリスを名乗る身だ。たとえどのようなことがあったとて、どのような功績ありといえども、臣下ひとりとわが王国をひきかえにするおろかな行動をするとでも思うのか」

（…………）

竜王は、何か合図をしたようだった。

獄吏がうなづくなり、その手にした鞭をふりあげた――それは、通称を虎尾鞭と呼ばれる、先がひろがってそのさきにこまかな棘がびっしりと植込まれた残酷な拷問用具であった。それでひとたび打たれるとそれだけで皮膚がずたずたに裂けてしまおうというしろものだ。

ふたたび竜王が合図をしたのだろう。獄吏はもう一度うなづいて、容赦なくその虎尾鞭をうちおろした――痩せた、すでに鞭で傷のついてない部分はないくらいに縦横に引き裂かれた血まみれの背中にむかって。

鎖でつながれた痩せたからだが激しくそりかえり、獣のような声をあげてヴァレリウスが横転した。鎖がぐいとそのからだをひきとめた。それを獄吏は腕をひっつかんでもとの位置にひきもどし、今度は肩にむけて鞭を打ち下ろした。血がしぶき、ヴァレリウスはこんどは前にがくりとのめって鎖に手首をうしろざまに引っ張られた。ナリスは眉ひとすじ動かさなかった。

「無駄だ」

ナリスの唇から出たことばは非情であった。

「たとえ目のまえでこの男を責め殺そうとも、私の心を動かすことはできぬ。——妻がはずかしめられようと、この男が責め殺されようと、パロの運命とひきかえにはできぬ。かれらには気の毒ながらパロのためとあきらめてもらうほかはない——おのれのいのちもすでにパロのためにないものとさだめた私だ。いまさらどのように脅迫しようとそれで動きはせぬ」

（これはこれは）

竜王の心話に多少、やむを得ないといいたげな感嘆の色が加わった。

（たいした気力だな、アルド・ナリス。いや、たいした酷薄さだというべきか。……この男がどれだけお前に尽くしてくれたか、もう忘れたとみえる。——すべてお前のために一生をあやまり——そうでなければごくごくまっとうな安全な道を歩くことのできた男だぞ。それをとうとうこのような地下牢の底まで追込んで責め殺させてもお前の良心はうずかぬというのか。お前こそ、極悪非道の悪魔というべきだな、アルド・ナリス）

「そのようなことばで私を動かせると思っているのなら、お前はよほどの愚か者だな、ヤンダル・ゾッグ」

ナリスは吐き捨てた。

「ヴァレリウスとても、彼の安全やいのちとひきかえに私がパロを売り渡したとて喜びはすまいさ。リンダもまた同じことだ——かれらは私のもっとも信頼する同志なのだぞ——かれらとともに私は事をおこした。かれらののぞみはただひとつ、パロからキタイ勢力の危機を完全に払うこと——それだけだ。そのためになら、いのちをおとすもまたパロへの忠誠、忠義者のヴァレリウスなら本懐とも、本望とも」

（情のこわい）

かすかに竜王が笑った。同時に、ほとんど意識もないようにぐたりとなっていたヴァレリウスの上に、雨あられと鞭の連打がふりかかった。

さすがに耐え切れずにヴァレリウスの口から殺される獣そのもののような咆哮がほとばしる。血がしぶき、皮膚が破れ、文字どおり酸鼻の情景がくりひろげられるのを、しかしアルド・ナリスは眉ひとすじ動かさずに、目をそらしもせずにじっと見下ろした。その目には何の表情も浮かばなかった。のたうちまわるヴァレリウスの血まみれのすがたを、じっと見つめたまま、その手につかんだ水晶球をただひたすら握りしめる。ふいにその凄惨な光景は目のまえからかき消えた。

（薄情な国王もあったものだ）

竜王がせせら笑った。

（これでは、臣下は救われぬな。——ならば、ナリス、お前がそれほどに情がこわいというのなら、われにはなおもさいごの切り札があるぞ）

「………」

（それでもかまわぬというのなら、お前もまた、もはやひとの子とはいえぬ。——お前もまた、われと同じ魔族の心をしか持っておらぬのだ。ならばお前にわれをそしる資格はない。……よいか、ナリス。われがどうするつもりかわかるか）

「………」

（明日まで待ってやろう）

ヤンダル・ゾッグはにんまりとささやくように心話を送り込んだ。

（そしてそのときこそ、おのれの非情を悔いて泣き叫ぶがよい。——どうする、責め殺された魔道師の首がお前の前にふってきたら）

「どうもせぬ」

ナリスは冷やかに答えた。

「戦いに犠牲者はつきもの——いくさがわれらの勝利におわってから、丁重に手あつく葬ってやるまでのこと」

（いつまで、そのように情こわく云っておられるかな。われは容赦はせぬぞ。だがともかく、気がかわりさえしたらただひと声、『ヤンダル・ゾッグ！』とよばわるがいい。われはいつでもお前に《気》を向けているでな。さあ、ナリス——挨拶はすんだ。あとはわれがどう出るかを見守っていることだな）

ふいに——

ナリスの全身を執拗に圧迫していた重たい、目にみえぬ巨大な石のようなものがすっと消えた。

同時に、ナリスを包んでいた真の暗黒が消滅し、見慣れた室の光景がおぼろげに戻ってきて、しだいにはっきりとあらわれた。しずかに燃えているろうそくの常夜灯、そしてひっそりとしずまりかえったランズベール塔の夜――

(……!)

ナリスは、いそいで、印を切ってあたりのようすを確かめた。

(いない。……もうこのあたりに、竜王の《気》はない)

(消えたのか。なんとすばやい……あれだけの巨大な気の持主が……)

(夢――いや、そうではない……)

「ろうそくが……まだほんの数モーしか燃えておらぬ」

ゆらめくろうそくのあかりをじっと見つめながら、ナリスはそっとひとりごちた。

「そんなに短いあいだのできごとだったのだ……」

(ヴァレリウス)

壁に全裸にひとしいすがたでつながれ、鎖と手かせにいましめられて、鞭うたれ、血を流していたむざんなありさまが、まざまざと目のうらによみがえってくる。ナリスはぐいと何かをふりはらうように首をふった。

「ロルカ! ロルカ!」

激しく鈴を鳴らす。同時にドアが開いて、カイが飛込んできた。

「どうなさいました、ナリスさま! 何かありましたか」

「お前……眠っていたのか?」

「え?」

カイはひどく仰天した顔をした。

「ど、どうしてでございますか。私はまったく……いまは眠ってなどおりませんでしたが……」

「そうか。ではいい。カラム水をたのむ。それから、ロルカは？」

「これに……」

ロルカの黒い影がじわじわとあらわれ——

そして、よほど驚いたらしくいきなり実体化した。

「ナリスさま！　こ、この残留する《気》は——ま、まさか！」

「いま、どうしていた。何も気づいていなかったのか」

ナリスはけわしくいった。カイが驚いて顔をあげる。

「カイ、お前はいい。お前にはわからぬ話だ。カラム水をもってこい」

「か、かしこまりました」

「御免！」

ロルカが心話で呼んだのだろう。ディランと、それに従う魔道師たち数名があらわれた。

そしてみな一様にはっとしたようすで魔道師の印を結んだ。

「ナリスさま、まさかここにきゃつめが……」

「そのまさかだ」

ナリスはきびしく、

「いま、何も気配を感じなかったのか？　それとも黒蓮の粉で眠らされていたか？」

「………」

魔道師たちは、激しく動揺したようすでざわざわと顔をみあわせ、手をさしのべて一カ所に集めるようなしぐさをした。魔道師どうしの心話であわただしいやりとりがかわされたようだ。

「申し訳ございませぬ。ナリスさま」

いきなり、ロルカと、そしてディランが平伏した。

「私どもの手おちでございます。――なんということだ……この残留する《気》はまぎれもなく……」

「ただいま、結界はつつがなく張っておりましたし、それになにやら敵の《気》が触れてきたというきざしさえ感じておりませんでした」

ディランがふるえる声で報告した。

「まるで、われわれパロの上級魔道師が力をあわせて張った結界など、何の役にもたたぬとでもいうかのように……おまち下さいませ。カロン大導師に報告いたします。これはたいへんな重大事でございます」

「場合によってはただちにカロン大導師と連絡をつけられるようにしてもらおう」

ナリスは蒼ざめた顔をきびしくひきしめた。

「一刻も早くだ。いまならまだ助けられるかもしれん――ヴァレリウスを」

2

もやもやと黒い影があらわれてきたとき、ナリスはなおも、あれこれの思いをめぐらして必死に何か考えこんでいるようすだった。

「――ナリスさま」

もはやナリスを一刻も室に一人にしておいては危険だ、というので、室の四隅に、結界を張っている魔道師がうずくまっている。あらわれたロルカはナリスのベッドの前に平伏した。

「カロン大導師のおことばによれば――結界は破られてはおりませぬ。でございますから、きゃつめは、われらの結界をこともなげに破って、それで入り込んだのではございません。……ただ、きゃつはおそらくはヒプノスの呪術を使って、ナリスさまの意識のなかに入り込んだのであろうと……」

「ヒプノスの呪術か」

「さようでございます。ご存じと思いますが、ヒプノスの魔道は夢の回廊を使ってひとの脳に働きかける呪術、すべての結界をはりめぐらしてもふせぐことのできぬかわり、実際の現実にははたらきかけることのかなわぬ、ただ術をかけられた当人の心だけをあやつることのできるという術――通常は、眠っている人間の脳に夢を伝わって入り込んでくるのでございますが、おそらく彼ほどの術者となると、相手を起きて居ながら夢見ているような状態におとしいれてそして夢の回廊から、目をさましているあいてに語りかけるようなことも可能なのではないかと思われます。――ナリスさまがきゃつと対決なされているあいだ、われらは不覚にも、お廊下で警護しておりましても何も感じませんでしたし、またきゃつの気配さえも感じておりませんでした。ナリスさまにそのことで、頼りがいなしとお叱りをうけてもかえすことばもございませぬが、しかし、いかにわれらといえど、もしもきゃつがナリスさまに危害を加えようと力を使っていれば、心づかぬはずはなし――おそらくは、きゃつはただ、ナリスさまのお心に忍び込み、そして……」

「わかっている」

ナリスは難しい顔で唸った。

「そのとおりだ。きゃつはただ、私と取引を――というか、つまりは私をなんとか説得して落とそうとしていただけのことだ。最初から、身に危害の及びそうな気配は私もまったく感じていなかった。ただ――ただ、ヴァレリウスが……」

「ヴァレリウスの救出については、われらも人数をそろえ、いろいろとかたらっていかにして敵の魔道をつき破るかを作戦をたてさせております。が、当面ナリスさまのご守備もありますし、あまり大人数をさくというわけにも参らぬのが頭のいたいところで……」

「ヴァレリウス自身の魔道が封じられていなければ、内と外で呼応しあって力をあわせるのがもっともいいはずなのだが」

ナリスはくちびるをかんだ。

「ヴァレリウスは完全に正気を失っているようではなかったが、ただ——なんといったらいいのだろう。そのう——かなり、つよい衝撃を受けているようにみえた。からだがいためつけられていたことばかりではなくだ。ひどく動揺しているようにみえた——私を見ても、ほとんど頭のはたらきが回復せぬようだったし、なかば意識がないようにも見えた。もしかしたら何かの薬をつかわれているのかもしれぬ。……が、もし……」

(どうする。——責め殺された魔道師の首がお前の前にふってきたら)

ヤンダル・ゾッグの残虐な恫喝を思いだしたとたん、ナリスのおもてがこわばった。

「ナリスさま——?」

「いや……なんでもない」

ナリスは激しく首をふった。何かを思い切るかのように、激しく唇をかみしめる。

「もうよい。今夜はともかくこれ以上きゃつにかきまわされぬよう、私さえ気をつけていればいいはずだ。明日……たぶん本当の決戦は明日になろう。それにそなえて、いまは体力をたくわえておかねばならぬときだ」

「黒蓮の粉をお用いになりますか」

「それはよそう。また、ヒプノスの術にかけられる危険はおかしたくない。が、眠らぬわけにもゆかないが……」

ナリスはかすかに苦笑した。その苦笑はひどくにがく、そしていたましかった。

（リンダ。——ヴァレリウス。……お前たちも私を非情とののしるか。それとも最初から覚悟の前であったと——もとより私にささげたいのち、と……そう笑って死地におもむいてくれるか。ヴァレリウス……私のために一生をかえられてしまった男、ときゃつはいった——まさにそのとおりだ、ヴァレリウス……そして、お前は私にいのちをくれるといった……）

（ヴァレリウス——死ぬときはともにと、こうしてゾルーガの誓いをかわしたのに……）

「ナリスさま……どこも、一応異常は見当たりませぬ」

魔道師が報告にやってくる。ナリスは何かをふりはらうかのようにうなづいた。

「いいだろう。もとどおり、配置についてくれ。今夜はもう、朝になるまでは、これ以上の襲来はないとは思うが……このことは、ルナンやリュイスには朝になってから私から報告するゆえ、いま起こすこともあるまい。なんといってもかれらは武官だからな。魔道のたたかいは得手ではないのだから」

＊

そのまま——

しかし、はたして眠ることのできたものが何人いたかどうか——

ナリスは少なくとも、何回かとろとろとまどろんだくらいが精一杯であった。ようやく、いつものとおりの朝の光が窓にさしこんできたとき、ナリスはほっと安堵の息をもらした。

（愚かなものだな、私も——キタイの竜王のような魔道師に対して、朝も夜もあったものではないというのに、まるで朝の光のなかでは、夜よりもちょっと安全だとでもいうかのように……）

（責め殺された魔道師の首が空から……）

（ヴァレリウス）

ナリスの心臓は、彼のうすい胸のなかで、一晩じゅう、激しくわなないていたのだった。

（竜王は——そのおどしを実行するだろうか）

（するかもしれぬ。しないかもしれぬ——ヴァレリウスには、私と違って、絶対に私を殺してしまったら古代機械の秘密が奪えなくなるという——そういう、身をまもってくれるものが何もない……）

（レムスは裏切者として、ヴァレリウスを憎んでいるかもしれぬ。いや、あの残酷なとりあつかいはおそらくそうとしか……だとすれば、ヴァレリウスを惨殺してその死体を送りつけてくるくらいのことは……その気になればやるだろう）

（許せ、ヴァレリウス——私はお前を見捨てた。そのことは、最初からわかっていたはずだ。パロのためならば、私は決して——決してゆるがないだろうということは……）

（ヴァレリウス——生きて、そしてなんとか逃げ延びてくれ……そのくらいの力は、たとえキタイの竜王のくびきの下にとらわれているといえども、お前にはあるはずだ。お前は上級魔道師ヴァレリウス、私の最も信頼する参謀ヴァレリウスなのだから……）

ナリスはおびえたように空をふりあおいだ。といっても、半開きの窓からは、あまり多くの空も見えなかったのだが。

「きょうはなんだか、あまり天気のよくない一日になりそうでございますよ、ナリスさま」

身支度を手伝いにきたカイがいう。髪の毛を丹念にくしけずってやりながらそのようなことばを口にして、カイはふと奇妙な微笑をうかべた。

「どうしたの、カイ」

「いえ……このようなお話をしていると、なんだか、まるでいつものとおりカリナエかマルガでナリスさまのおぐしのお世話をしているような気がいたしまして……」

「……」

「いまがどういう状況なのか、よくわからなくなってしまうようで……気がゆるまぬよう、気をつけなくてはいけませんね、わたくしは」

「籠城などというものは、ずっとはりつめ通していては参ってしまうさ。うまいところ、気をぬいたり、しめるところはしめて、ちゃんと呼吸を作っておかねば」

「はい、ナリスさま」

「きょうは、いよいよパロ国民のまえに私は聖王宣言を発表するつもりだ」

ナリスは云った。しずかな声音だったが、きいたとたんにカイは全身をぴくりとかたくした。だが声はしずかだった。

「はい、ナリスさま」

「もう、これであとにひけなくなる——といってもう、ずっと前からあとになどひけはせぬのだがね。だが、パロ国民がどちらを選ぶかは……どのような審判を下すかは少なくともきょう確定する。それによっては……私はただの国賊、逆賊となり、あるいは——パロ国民の認めた正当なる聖王となる」

「はい、ナリスさま……」

「カロン大導師の力をかりて、アルカンドロス大広場とランズベール広場に同時に私のすがたをあらわし、私の声を伝えてもらう。同時に即位宣言をして、ランズベール城の頂上に、パロ聖王旗とアルシス王家の旗を組合わせて掲げる。——国王がたがどう出るか、きょうがいよいよヤマ場になるぞ。これまでのいくさとはかなりおもむきが違うけれどもね。……カイ、けさは、なんとしてでもちゃんと食べておかなくてはね」

「そういって下さると安心でございます」

カイはおもてをほころばせた。

「ナリスさま」

黒い魔道師の影があらわれてくる。

「ロルカか」

「はい。あちこち、ようすをみて参りました。まず聖王宮はまったく動きなし。……聖王騎士団の大隊二つが、昨夜とまったく同じく聖王宮のうしろにひかえて出動命令を待っておりますが、聖騎士団は何も命令をうけておらぬ様子で——それから、ベック公は急報をうけて、夜を日についで戻ってこられ、けさの朝一番でパロ国境に入られました。まもなく、ユノ郊外をすぎてクリスタル圏内に入られましょう。クリスタル到着はおそらく、きょうの夕刻かと」

「もういっぺん、書状を持っていって、なんとかベックと対面できるようにはたらきかけてほしいのだが。それから、もうカレニア義勇軍は進発したね」

「はい。いったん夜営したカレニア義勇軍は朝日と同時に出発し、進軍を再開、これもまたきょうじゅうにはクリスタルに入ります。もうひとつ、お知らせが」

「ふむ」

「カラヴィア公騎士団が、カラヴィア公アドロンの末弟、アルラン伯爵を総司令官として、半数の二万五千がカラヴィアをたってけさの朝一番にてクリスタルへの進軍を開始いたしました」

「カラヴィア軍が動いた？」

ナリスは一瞬はっとしたようにロルカを見た。それから、大きくうなづいた。

「それが朗報であることを祈ろう。かさねて、アドロン公へは、アドリアン子爵の幽閉についての国王告発の書状を届けさせてくれ。いよいよ、みなクリスタルへ集まってくる――サラミス軍もまもなくだね」

「これはもう一ザンとはかからずに到着いたしましょうかと」

「アムブラがたのようすはどうだ」

「結局のところ昨夜はアルカンドロス広場で夜明かししたものは半数にみたぬ三、四千というところでした。いったん家に帰ったものたちもまた今朝になって出てきはじめたので、ひたひたと人数はふえてはおりますが、まだきのうほどの人数にはいたっておりません」

「アルカンドロス広場だけではなく、ランズベール広場にも少しひとを集められるよう、働きかけられないかな、ロルカ。アルカンドロス広場だけではこころもとない。北クリスタルのものや、郊外のものならランズベール広場のほうが近い。正午を期してクリスタル大公より重大発表があるとふれさせて、アルカンドロス広場とランズベール広場にひとを集めてくれ。サラミス公騎士団とカレニア義勇軍がクリスタルに入ったら、いったんランズベール広場に集結させる」

「かしこまりました」

「正午まで、あと何どきだ？」

「二ザンというところでございましょう」

「ああ……まだ、長いな」

その、これから耐えて待っておらねばならぬ時間の長さをじりじりと味わっているかのように、ナリスは吐息のようなつぶやきを洩らした。

（ヴァレリウス……もう、殺されてしまったのか？　まだ責められて、さいなまれているのか……お前の心臓がとまったら、私の——私の心はそれを感じるだろうか？）

（ヴァレリウス……だがまあ……お前が死体となってかえされてくるとしても……私がドー

ルの黄泉路をおいつくのもそれほど遠いさきのことではないだろうよ……それを思えば、それほど淋しくもあるまい。そうだろう、ヴァレリウス)

ふと、ナリスの華奢な指が、重たげにその手にはまっているゾルーガの指輪をまさぐった。そこには、確実に数タルザンもかからずに息の根をとめてくれる、おそろしい毒が入っているのだ。

ふたたび、午前の時間は、奇妙な、巨大な心臓がどくん、どくん、とうずいて呼吸してでもいるかのような、息苦しい、そして息をひそめた、ひどく重苦しいものとなった。魔道師たちが、ナリスに何回か報告にきて、命令どおり、アルカンドロス広場とランズベール広場にしだいにクリスタル市民が集結しつつあること、その数がきのうよりも、何か発表がありそうだとわかってだんだん増加していること、を伝えた。国王側は、それに対して、あらたな聖王騎士団をアルカンドロス門へ三個大隊出して王宮まわりをかためさせ、昨夜来警備をしていた部隊と交替させた。そして、さらに近衛騎士団を二個大隊、大回りさせてランズベール広場の西側へまわりこませたが、あえてランズベール城の籠城軍を刺激するほどに近寄せようとせず、遠巻きにするかたちに中州をのぞむ北クリスタル区の西端あたりに待機させているということだった。西端といえば、ベック公の私邸のある一角であり、そのあたりに充分な配慮というか、たくみを感じさせる配置ではあったが、しかし全体として国王側はまだ、様子見の姿勢、という感じをあたえたし、その配置された部隊そのものも、第一級軍装のただちに激戦状態に突入する体勢ではなく、比較的軽い第三級軍装と伝えられたので、いっそう、国王側がまだ事態をあるていど平和裡に収拾できるのではないかと期待していることを感じさせた。

「ただし、イラス大橋は通行禁止、南大門と西大門も許可証なきものは一切の通り抜け禁止となって事実上、聖王宮は市内からの連絡を断っております」

魔道師の報告はさらに詳細をきわめた。

「レムス国王は今朝一番で宮廷内に声明を発表し、敬愛するクリスタル大公とのあいだに不幸なる齟齬が生じて、大公が国王の真意を誤解するにいたり、今回のランズベール城籠城という挙にいたられたことはまことに遺憾である。ただし、リンダ大公妃も夫と弟とのあいだを案じて仲裁のために王妃宮に滞在されていることでもあり、同胞の流血という最悪の結果を招くことなく事態が収拾されることを国王夫妻も大公妃も心から望んでいる、という内容のふれを出しました。これは同じものがまもなくアルカンドロス広場に張り出されるそうです」

「ふむ」

「そしてまた、レムス国王は、これは不幸な誤解がもたらしたものであり、自分のクリスタル大公への敬愛の念にはまったく変化がないこと、従って事態が無事収拾されたあかつきには、クリスタル大公夫妻に対する処罰などは考えていない、ということを明らかにしました。これは昨日出した声明とはかなり雰囲気が違っているので、宮廷のなかでは、どちらが国王の本音なのかとあやぶむ声もきかれています。——また、宮廷内にとどまっている貴族、貴婦人たちは、禁足命令がとかれていないので、かなり不満がたまってきているようです。不満と同時に、万が一にもパレスが戦場になったさい、自分たちもまきこまれるのではないかという恐怖がつのって、貴婦人たちが全員でパレスからの避難を許可していただきたいとの嘆願書を国王にさきほど、提出しました。が、国王はまだ、それについては何も返答をよせておりません」

「なるほど」

「ヴァレリウス宰相については、クリスタル大公の反逆にくみした疑いにより投獄された、との発表が出ています。それについては人々はあまり驚いてはいないようですが、アドリアン子爵も幽閉されたらしいという情報には、カラヴィア公の激怒をかうのではと、宮廷側の人々はかなり心配しているようです」

「まあ、そのおかげでこちらは助かるというものだが」

ランズベール侯が口をだした。ランズベール侯もルナンもリギアも、すでにきちんと武装をととのえて、作戦本部の本陣となったランズベール塔の一室に顔をそろえていたが、ナリスのもとに昨夜おとずれたぶきみな客については、まったく知らされていなかった。また、かれらは確かにパロの人間としては、いずれも魔道からはかなり縁遠いタイプであったこともたしかである。

「サラミス公騎士団の尖兵がクリスタル市内に入りました。近衛騎士団との衝突を避け、ジェニュアの丘方向からまわりこんでランズベール大橋をめざします」

「わかった」

「ナリスさま、そろそろお支度を」

「ああ」

ナリスは、正午が近づくにつれて、ひどく蒼ざめて、呼吸も苦しげになってきていた。それを、人々は無理もないと受け取った——これから、まっこうから国王にそむいて、聖王への即位宣言という挑戦状をたたきつけようとするのだ。すでに反逆ののろしはあげてしまったとはいえ、聖王に即位宣言をし、現在の国王を偽者として糾弾する、というところまでやるからには、たとえ国王がどのような声明を出していようと、失敗におわったあかつきには、正真正銘の反逆者としてどのような極刑にもあたいする罪をおかしたことになる。さしものクリスタル大公も、この緊張に蒼ざめぬほうがおかしい——と、人々はそう受け取って、ナリスを案じながらも、そっとしておこうと暗黙の目くばせをかわしていた。だが、ナリスの心をしめていたのはそんなことではなかった。

（ああ……）

ナリスは、カイの押す車椅子で控の間に戻ってきて、着替をしながら、わななくような吐息をもらした。カイがすかさずききとがめた。

「ナリスさま、お辛うございますか？　何かお持ち致しましょうか？　冷たい水でも」

「いいよ、カイ——それよりも……ちょっとだけ、私の手を握っていて。私が落ち着くまで」

「私でよろしければ」

カイはいくぶん驚いて云った。そしてナリスの手をにぎりしめ、はっと鼻白んだ。

「ナリスさま。氷のようなお手でございますよ」

「……」

「それに、びっしり冷や汗をかかれて……お加減がお悪いのでは……」

「悪いのは、加減ではないんだ」

ナリスはつぶやくようにいった。そして、心臓が爆発しそうに感じて、椅子の背に力なく身をもたせ、肩であさく息をついた。

「私を弱虫だと笑っておくれ、カイ」

ナリスはうめくように、カイの手を握りしめたまま云った。決して周囲を忘れないかれとしてはまったく珍しく、ほかの近習や小姓たちが心配そうに見ているのさえ、意識のなかにないかのようだった。

「あんなに大きなことをいってのけたのに——大見得をきって……かれらは私のために死ぬとも本望だ、と云い切ってかれらを切り捨てた……いわばかれらを見捨てたはずなのに……いまになって、こんなに苦しんでいるなんて……自業自得というものかもしれないね。だが……助けておくれ、カイ。目のまえからどうしても去らないんだ……」

（唯一の正当なる聖王即位の宣言をする私の……目の前に、見慣れた——懐かしい、優しい……聡明な灰色の目と——やせた頰骨の高い顔をもつ……首がふってきて広場に叩きつけられ……残虐なキタイの竜王にばらばらにひきちぎられたそのからだが、広場に血の雨をふらせる光景が……どうしても目に浮かんでしまう……どうしてもふりはらうことができない……）

（驚いたことだ……それでは私でも、そうやって血の通っている心臓と、ひとのために気が狂いそうに案ずるこころを持っていたとは。……なんということだろう。いまになってこんなに動揺するとは。しっかりしろ、アルド・ナリス――もう、サイは投げられたのだ。もう、幕はあがってしまった――もう、ひきかえすことは決してできない。遠いモンゴールの地でイシュトヴァーンもまた、剣をぬき、金蠍宮を血でそめたという知らせをきいた――私たちが運命共同体なら、私もまた、たとえ……たとえヴァレリウスの血の洗礼をあびてでも……パロの平和と独立をとりもどすために、あえて反逆者の汚名をかぶるしかないのだから……）

（ひるむな、ナリス――弱味をみせるな。キタイの竜王とても――どれほど強力であろうとも、それでもきゃつは人間なのだ……それはきのう、あれだけの話をかわしていてはっきりと感じた……もしも愛する者を殺されたら、自らの手で仇をうつまでだ。そのあと血の涙を流すとも、パロのため――中原のため――世界のため……私はもうひきかえさない……）

「ナリスさま……」

心配そうにカイがのぞきこむ。ナリスはわれにかえって、しっかりとカイの手を握りしめた。それだけが彼を正気につなぎとめてくれるさいごの綱だとでもいうかのように。

「ナリスさま」

ドアがひらき、小姓のルイスが入ってきて告げた。

「お支度がととのっております。魔道師たちもそろいました。ランズベール塔の下へおこし下さいませと、ロルカ魔道師がいっておられます。そこから、大橋に面したランズベール城のバルコニーにお連れするとのことでございます」

「わかった。いますぐゆくよ」

ナリスはからだじゅうの息を絞りだすかのように深い息を吐いた。そして、そっとゾルーガの指輪を握りしめた。

(ヴァレリウス……たとえ、どのような結果になっても……)

(また、黄泉でめぐりあえるよ……たぶん)

(いまの私にできるたったひとつのいくさのしかたはこれしかないのだから……)

「ナリスさま。よろしゅうございますか」

カイが声をかける。ナリスはうなづいて、支度のためにかけていた寝椅子からかかえあげられ、車椅子の人となった。長いつややかな黒髪を背中に垂らし、純白のトーガに身をつつみ、さらにその上から、帝王の真紅のマントをかけて、聖王にしか許されぬ紫と真紅のうちひもを肩にかけたすがたは、車椅子にかけたままではあったけれども、まさしく一幅の絵であった。

「いいよ、カイ」

ナリスは声を励ました。

「連れていっておくれ。覚悟はできたよ」

3

人々は、じりじりとランズベール大橋のたもとの、ランズベール広場と、そしてアルカンドロス大王広場をめがけて集結しつつあった。いよいよ何かがおこりそうだ――少なくとも何かが明らかにされるかもしれぬ、ということはすでに、口から口に伝わっていたので、人人はまたしだいにたかまりゆく緊張と興奮を抱きしめて、仲間を誘いあって集結しはじめていた。アムブラの学生たちは大半がランズベール広場へと場所をかえたが、むろんきのうのままアルカンドロス広場にいつづけたものも多かった。そして、きのうはこなかったものもどうやらきょうは何かの進展があるとみてやってきたので、どちらの広場も人で一杯になり――いうまでもなくランズベール広場のほうがかなり小さかったのだが――そして、そこに警備の騎士団が入り込んでいたので、ことに広いアルカンドロス広場のほうが、しだいに立錐の余地もないくらい、びっしりとひとが詰めかけはじめていた。

かれらは武器をもっているものもいたが、大半は武装もせず、ただ情勢がどうなったのかを知ろうとしてやってきただけだった。ことにアルカンドロス広場にあつまったほうはそうだった。ランズベール広場に集まったほうはもとの学生たちが多かったし、ランやもとの学生のリーダーたちもこちらにまわりこんでいたので、いざというときには戦えるよう、短刀を腰にさしたり、長い棒を持ったりしてそれとなく武装していた。

ランはいつのまにかまた出来上がった本陣のようなところに、一番高いところにおかれた椅子にかけて、指揮官あつかいとなっていた。これはランの特徴といってもよく、べつだんそうしているつもりもないのにいつのまにかまわりがランに指図をもとめ、それに答えているうちにランが指揮官となってゆくのである。これは天性の資質だったのだろう。

護民騎士団は民を守るためにアルカンドロス広場にとどまりつづけていた。ランは目のまえにそびえたつ、ランズベール大橋のむこうのランズベール城を見上げた——それは、つね日頃は罪人をとじこめている牢獄として見上げるせいかひどく陰惨で、暗鬱な建物に見えていたのだが、いまはむしろそのうしろに幾層にもかさなりあってひろがっているクリスタル・パレスのほうがずっと陰鬱にさえ見えるように思われた。それはかならずしも気のせいばかりではなかっただろう——というのも、囚人たちを解放したあと、ナリスが空気をいれかえるべく、大きく窓をあけはなさせ、そしてまたあかりもいつもよりずっとたくさん各部屋に入れられたからである。

ランズベール城のこちらから見ると右側に、ランズベール塔が暗く屹立している。そのなかのどこかにナリスがいる、と考えるだけで、その暗い陰気な塔、数々の陰惨な伝説につつまれた塔が光り輝く場所のように見えてくるのは、なんとふしぎなことだろうと、ランはひそかに考えていた。

（あのかたは、おいでになるその場所をつねに明るく照しておしまいになるのだ。あのかたのなかにあるつよい真っ白な光で、つねにそこを輝かせておしまいになるのだ。あのかたこそ、生まれついての帝王だ……）

「ラン」

かたわらに走りよってきた懐かしい顔に、ランはうなづいて笑いかけた。

「おお、パンリウスじゃないか。お前もきたのか」

「もちろんだ、来ないでいられるものか。なんだか血わき肉踊るな。いったい何がおこるんだろう——というより、ナリスさまは、この決着をどうつけられるつもりだろう」

「それはもう決まっているさ」

ランは大きくうなづいた。そして顔をパンリウスによせ、低くささやいた。

「パロ聖王アルド・ナリス陛下万歳」

「おお」

パンリウスは目を輝かせる。

「本当にそこまでおっしゃって下さるだろうか。そうしたら、俺たちもどんなことでもしてついてゆくんだが」

「もちろんだ。そこまでのご覚悟がなくてこういうことをなさるナリスさまじゃない」

「だけど、リンダさまが宮中に幽閉されているんだそうだな」

「だが手だしはできないさ。あのかたは第一王位継承権者なんだからな」

「ヨナの顔が見えないな」

パンリウスがあたりを目で探した。

「こういうときにあいつがいないというのはなんだか変な感じがするな」

「きのうはいたんだが、ナリスさまにお目にかかってくるといって消えてしまった。それきり戻ってきていないんだが、ナリスさまとご一緒にいるのかな。そういえば……ヌヌスを見たか？」

「ヌヌス？」

ひどく意外な名前をきいたように、パンリウスは目を見張った。

「いや、もうあいつとはそれこそアムブラがああなって以来一回会ったか会わないかというくらいだよ。手が駄目になってからすっかり拗ねてしまって、昔の仲間の前には一切顔を出さないようにしていたようで……ランが一番何回か会って親しくしていたんじゃないのか」

「親しくというわけでもなかったが――だがまあ、こんな日にあいつがどこにもいないわけはない。おおかた、われわれと顔をあわせないように隠れてでもいるんだろう。あいつもへんくつだから」

「正午になったらナリスさまがお出ましになると……本当に、おいでになるんだろうか？あのおからだで……お声だって、届かないだろうに……」

「……………」

「くそ、あんなにも美しく、あんなに何でもお出来になったかたを、あんなむざんなしうちであんなすがたに変えてしまうなんて……許せん。それだけでも国王は斬首に処すべきだ」

「おい、よせ。ここにいるのはむろん大半がナリスさま派だが、全員とは限らん。まだ、ナリスさまのおことばがあるまでは、めったなことを大声でいったりしないほうがいい」

「いいとも。もうじきおおっぴらに、長年待って待って待ち続けていた言葉を叫べるんだからな」

パンリウスは云った。そして声を低めた。

「パロ聖王アルド・ナリス陛下万歳。そう叫ぶためなら俺はのどがかれて声が二度と出なくなったってかまうものか。――お、あの鐘は正午のルアーの鐘じゃないのか」

ごーん、ごーん、ごーん――

あやしく、運命そのもののひびきをつげるかのように――

ランズベール塔の鐘楼の鐘が鳴っている。

あたかもその鐘の音に全身をさしつらぬかれたかのように、ランズベール広場を埋めつくしたものたちは身震いをした。アルカンドロス大広場を埋めた人々は、大王像のうしろの鐘楼からきこえてくる鐘に同じように身震いをしたことだろう。

「とうとう新しい時代がくる……」

パンリウスがさらにかさねて言い掛けたときだった。

「あっ」

わああっ――

大歓声が、かれらの声をのみこんだ。

「ナリスさまだ。ナリスさまだ」

「ナリスさまのご出座だ！」

ランズベール城の城門の上は、アルカンドロス門の半分ほどしかないにせよ、アルカンドロス広場ほど広くないランズベール広場全体からは充分に見渡せる程度の高楼になっている。

そこに、ざっざっと槍をかざしたランズベール騎士団、カレニア衛兵隊の護衛があらわれたかと思うと、続いて、黒づくめの魔道師たちの一隊がかなり大勢あらわれた。そして、それにつづいて、遠目からでもよくわかる聖騎士侯、聖騎士伯のよろいかぶとをつけた数人があらわれて左右に別れて城楼の上にじんどり、そして、さいごに、車椅子に座った、何かまぶしいほどに白と紫と真紅につつまれた一人の人が、車椅子ごと、かかえあげられるようにして城門の上にあらわれてきたのだった。

「ナリスさま！」

「ナリスさまだ！」

ランズベール広場を埋めた群衆はたちまち喝采の声をあげた——いきなり、それはそのまま「パロ聖王アルド・ナリス陛下万歳！」という、あの、かつてそのためにかれが投獄されることとなった禁じられた叫びの津波へとなだれこんでいった。

「パロ聖王アルド・ナリス陛下万歳！」

「パロ聖王アルド・ナリス陛下万歳！」

ランははらはらしながら腰をうかせた——が、もうとどめようがなかった。それに何よりも、そこにあらわれたナリスの、身にまとった真紅と紫——国王の色が、はっきりとナリスの意志を物語っていたのである。

「アル・ジェニウス万歳！」

「パロ聖王アルド・ナリス陛下万歳！」

学生あがりやアムブラの住民を中心とする人々は、拳をつきあげながらのどもかれよと、いまこそ絶叫をほとばしらせた。同じ絶叫とは限らなかったが、アルカンドロス広場のほうからも、大地をゆるがすような轟音がつたわってきた——アルカンドロス広場のほうには、魔道師たちの魔道によって、中継された同じ映像が空中に描きだされていたのである。パロの民は魔道に馴れている。すぐに、これからどのような展開になるのかを飲み込んだ。

聖王騎士団の騎士たちは多少心配そうに身じろぎをしたが、どうしたものかと顔を見合せただけで、何も命令が下されないのをいいことにそのままそこにじっとしていた。

ナリスは、しばらく、感無量のおももちで、ランズベール広場に集結している人々を見つめていた。その口からいっせいにあがっている「パロ聖王アルド・ナリス陛下万歳！」の叫びこそ、アムブラで放たれてかれを二年前に下獄させ、それをきっかけにきびしい拷問によってこのようなむざんな生まれもつかぬすがたにしてしまったものであった。だが、かれはいまやおのれの決断によってそのさけびに辿りついたのだ。ナリスはゆっくりと、白い長い袖と紫と真紅のびろうどの袖に重たげにつつまれたかぼそい手をあげた——とたんに、群衆はぴたりとしずかになった。

「では、頼むよ。ロルカ」

ナリスはかたわらにつきそうロルカ魔道師にむかってうなづいてみせた。

「失礼いたします」

ロルカは礼儀正しく頭をさげると、ナリスの手をとった。そのロルカの肩に二人の魔道師が手をのばしてつかまり、さらにその魔道師たちに四人の魔道師が肩に手をかけた。そのようにして、魔道師たちの力がひとつに集結され、増幅されて、アルカンドロス広場に映像をとばし、またここでもナリスのかぼそい声をちゃんとひとびとにきこえるように、すべてのひとびとの頭のなかに心話として送り込んだりすることができるのである。ナリスはうなづいて、ゆっくりと口をひらいた。

「親愛なるパロの人々よ！　常日頃より、私のパロへの忠誠と心からなる祖国への愛情については、誰よりも諸君がよく知っているはずだ」

ランは、ちょっとはっとして、顔をあげた。

こうした場合の演説は、最初に、おのれの地位と身分の名乗りからはじまることが定形であった。だがナリスは——誰よりもよくそうした儀礼についてはこころえているはずのかれが、「クリスタル大公アルド・ナリスである」という名乗りをしなかった。そのこと自体がひとつの彼のはっきりした意思表示に思われた。人々はざわっと揺れたが、先をきくためにすぐにしずかになった。

「私は人となりし日よりつねにかわらず、愛する祖国パロとその国民の諸君の幸福と永遠につづく平和とだけを念願として生きてきた。私がどのようななりゆきによってこのようなすがたになることとなったのか、それは諸君のほうがよく知っていよう。これもまた、私にとってはパロへの忠誠のあかしにほかならぬといってもよい」

ごうごうとわきたつような拍手とかっさいがそのことばにこたえた。

「そしていま、私はここにこうして愛するパロの国民諸君に訴えかけるためにあえてこの不自由なすがたを諸君の前にあらわしている。それはパロが危機にさらされているからだ。——そう、パロは危機にさらされている。それも未曾有の危機にだ。そしてそれは——そしてそれは、諸君が敬愛して疑わぬ、パロ国王、聖王レムス一世その人によってなのだ！」

わあああああ——

きっぱりとはなたれたそのことばをきくなり、群衆は両手をつきあげ、おさえきれぬ怒号や喝采や絶叫をほとばしらせた。広場はたいへんな喚声につつまれた。こんどは、ナリスが手をあげてしずめるまで、その叫びはやまなかった。

「そう、このようなことを私の——彼の義兄たる私の口から告げることはまことにしのびない。だが真実は枉げることができぬ——私はあえてこのおそるべき真実を告げしらせ、パロの国民諸君に隠された恐しい事実を知ってもらわねばならぬ。それが、いやしくもパロ聖王家の王子として生まれた私の聖なる義務だと私は信じている。——諸君、現在パロ聖王位にあり、アルカンドロス大王の霊にも認められて王座についたはずの私の義弟、レムス一世は

——すでに彼はレムス一世ではない」

ざわざわざわ——

こんどは、人々の声はひそやかな草原の風のようにざわめきとなって広場を這った。アルカンドロス広場にも同じようにナリスの声はひびいている。聖王騎士団の面々もまた、一瞬ぎょっとしたようすでナリスの映像に目をやった。思わず何か叫ぼうとしたものは、「シッ！」ときびしく制せられた。

「そう、このようなことは私は云いたくはなかった——だが云わぬわけにはゆかない。彼はすでにレムス一世ではない。彼は——彼はあるおそるべき陰謀によって憑依され、すでにパロの人間としての独立性を失ってしまっている。最初は彼には、黒竜戦役のおり、とおいノスフェラスに逃れた当時にどうやら砂漠でカル＝モルと称するあやしげな魔道師の魂魄がのりうつったらしい、ということは、すでに町々でもうわさになっていたとおりだ。だが、すでにもうそれだけでさえない。——いまや、彼は、さらにおそるべきある存在に憑依されている。その存在はパロを、国王を通して侵略し、おのがくびきの下に制圧しようともくろんでいる。このようなおそるべき陰謀を許しておいてよいものだろうか？　パロの独立はひそかに奪われ、盗み出されようとしているのだ。私はあえてその危機のまえに、反逆者の汚名を着てでもパロを救わねばならぬと決意した。偽りの国王を退位させ、真実のパロの聖王の資格をもつものがパロを統治せぬかぎり、ただちにパロはほろびるだろう。虎視眈々とパロをつけねらっているおそるべき魔手がいまやクリスタル・パレスのなかにまで浸透しつつあるのだ。その名は——」

ナリスはことばをきった。そして一瞬、祈るように目をとじた。だが、もういちど目を見開いたときその目には、もう迷いはなかった。

「その名は、ヤンダル・ゾッグ——キタイの竜王を名乗る怪物にして魔道師、執拗にパロを数年前からつけねらっていたおそるべき悪魔——諸君、信じられぬかもしれぬが、そのキタイの竜王が、我々の敬愛すべきパロ聖王の魂をのっとり、憑依し、操り、彼を——私の愛する弟であったものをおそるべきキタイの傀儡とかえてしまったのだ。このような恐しい陰謀があるだろうか——レムスもまた被害者には違いない。だがしかしいまの彼はすでにキタイの竜王の傀儡にすぎぬ。諸君、このまま、パロがキタイの竜王の遠隔操作によってじりじりとキタイに侵略されてゆくのを許してもよいものだと思うか？　勇敢にして誇り高きパロの国民諸君、諸君は知らず知らずのうちにキタイの属国にされつつあるパロを許せるか？　このままに放置しておいてもいいと思うだろうか？」

「断じて！」

たちまち、大地をゆるがす声が答えた。

「われらは断じてパロの独立をおびやかすものを許さないぞ！」

「そのとおり」

ナリスは手をあげてかれらのたかぶりを制した。

「私もまた諸君がそういってくれるであろうことを信じていた。諸君の忠誠は最も信頼するに足るものだ――そして、諸君のその熱誠あるかぎり、パロの誇りは決して失われることがないと私は信じている。――だが、いまは古今未曾有のパロ存亡の危機のときだ。キタイの竜王の支配はひそやかにクリスタル宮廷におよび、そしていまや、パロの独立はおおっぴらなる侵略によってではなく、ひそやかに盗み去られてついえようとしている。この危機に及んで、私ごときもはや激務には耐えるべからざる不自由なからだのものもまた、あえてパロを守るために立たねばならなくなった。パロの国民諸君、諸君はこの私をパロをキタイから守るためのまことの聖王として認めてくれるだろうか？　自らの足でたつこともかなわぬこのような無力な私をも、あえてパロ聖王位請求者として認めてくれるであろうか？」

「パロ聖王アルド・ナリス陛下万歳！」

「アルド・ナリス陛下万歳！」

「アル・ジェニウス万歳！」

口々に放たれるすさまじいばかりの喝采が、ただちにその感動的ないらえとなった。

ナリスはふたたび手をあげてその叫びをしずめようとしたが、こんどはなかなか喝采はしずまらなかった。そしてアルカンドロス広場では、早くも不穏な動きがはじまろうとしていた――聖王騎士団は、なおも宮廷からの命令がまったくとどかぬままに、不安そうに身じろぎをした。その、聖王騎士団にむけて、じりっと、広場を埋めた群衆と護民騎士団とが、にじり寄ろうとするかのような動きをみせはじめたのだ。

「ま、まだ陛下からは何もご命令がない……もう、待っておられん。小隊長、陛下のご指示をあおいでこい」

聖王騎士団の隊長はあわてて叫んだ。

「早く。急ぐんだ。このままここにいたら、我々は……はるかに少数なんだぞ。とりかこまれたら……」

「ただいますぐ」

あわてて騎士が門のなかにかけこんでゆく。ランズベール広場では、そのような心配もなかった。近衛騎士団は北クリスタルの西、ベック公邸の前から動かなかった。

「アルド・ナリス陛下万歳！」

「アル・ジェニウス！　アル・ジェニウス！」

人々の口からはひっきりなしに叫びが洩れ、しだいにその叫びそのものが人々をたかぶらせてゆくかのように見えた。アルカンドロス広場では人々はじわじわと門を守護する聖王騎士団にむけて——ということはアルカンドロス門にむけておしまくりはじめていたが、ランズベール広場では、人々はランズベール城にむけて、むろん敵意ではなく、崇拝と熱狂から少しでも近づこうとおしあいへしあいしはじめていた。

「有難う——諸君のその答えを私は決して忘れることはないだろう。だが、また、それは忠実なる聖王家の一員である私にとっては、おのが剣を捧げた国王にそむき、大逆の徒、許すべからざる反逆者と呼ばれることになる苦悩の道でもある。私は聖王にそむきたくはない——永遠に陛下のよき後見にして臣下でありたかった。その思いにうそはない。だがいま、その陛下そのひとがはたして本心よりパロに君臨するにふさわしき聖王たりうるかという重大なる疑惑につきあたっている。もしも陛下がその疑惑をはらし、キタイとの癒着などありえぬことを証明され、そして真にパロとパロの民のことのみを案じておられるとあかしだてて下されば、私はまっさきに陛下のまえにひざまづき、この不自由な手で剣を捧げるにやぶさかではないだろう。だが、陛下はキタイとのかかわりについても、キタイの魔道師の憑依という重大なる疑惑についても、なんら私たちの前に表明されることなく、また私をクリスタルより逐われ、ひさしくマルガに軟禁状態となさり、そしてまた――」

ふいに――

ナリスの声はとぎれた。

そしてまた、ナリスの声をひとつもききもらすまいと熱心に耳をかたむけていた人々も、はっと身をかたくした。

「あれは――」

ナリスの全身に、つきあげるようなふるえが走る。

「あれはなんだ」

広場をうめつくした誰の口からほとばしった叫びであったか――

「ワアアアアッ！」

驚愕と恐怖に人々は全身を硬直させた。

そして、ナリスも――

「アアアッ！」

ナリスは椅子のなかでよろめいて倒れかかった。カイがあわててかけよってささえた。同時に反対側からリギアがかけよった。

「ナリスさまっ！」

「あれは……あれはなんだ――！」

いまや――

人々の目はすべて、中空のたかみに吸いつけられている。

もはやそのほかの何も目に入らぬかのように、はるかな中空を見つめつづけ、狂ったようにその目は見開かれている。

そのはるかな空のたかみ、これまではたしかに何もなかった、パロとしては曇りぎみであったやわらかな灰青色の空のまっただなかに――

黒いものがぽつんとあらわれていた――

黒いもの。

それは、見る見るうちに落下してきて、はっきりと人々を恐怖でこおりつかせるすがたとなった。

激しく四本の手足をバタつかせ、狂ったようにもがきながら、恐しいほどの上空から落下してくる、黒いマントをまとった人間のかたち。

「魔道師だ」

人々の口から恐怖の悲鳴がもれた。

「魔道師が落ちてくる――！」

「アアーッ！」

リギアは悲鳴をあげた。どうしてもおさえることができなかった。

「ヴァ――ヴァレリウス――！」

そして、正視することができぬように、リギアは両手で顔をおおい、その場にうずくまってしまった。

（ヴァレリウス……）

ナリスのおもては氷のように蒼白になった。だがナリスは目をそらそうともせず、まっすぐに中空をにらみすえた。

（落ちてくる……）

きりきりまいしながら、空のたかみまでもちあげられてひょいとはなされたかのように、魔道師の四肢が激しくもがきながら、恐しい勢いで落下してくる。

「ヴァレリウス――！」

ナリスの口からついにおさえきれぬ絶叫がほとばしったとき――

黒いフードつきのマントにつつまれたからだは、きりもみしながら、悲鳴をあげて逃げ散った群衆のまんなか、ランズベール広場の中央にたたきつけられた。

4

グシャっとにぶい音がした。

人々の悲鳴がひびく。いきなりロルカが宙に消え失せた。恐怖におののく人々の前で、叩きつけられたからだがありうべからざるかたちにねじまがり、血と脳漿が飛び散った。ルナンもランズベール侯も蒼白になったまま、瞬間身動きさえできなかった。カイはこれ以上なれぬくらい蒼ざめながら、懸命にナリスの手をつかんだ。

「ナリスさまっ――ナリスさま――」

「騒ぐな!」

だが――

ナリスは冷静であった。そのおもてはいったん、心臓がとまったかと思うほどの衝撃にこおりついていたが、すでに冷徹な叡智を取り戻していた。リギアは悲鳴をあげながら、広場にむけてかけだそうとよろめきながら立ち上がった。目をふさいでも、人間のからだが大地に叩きつけられてむざんにもつぶれてゆく恐しい音は耳をつんざいたのだ。

「ヴァレリウス――ヴァレリウス――ヴァレリウス――ッ!」

「落ち着け、リギア！」

かすれてはいたけれども、鋼鉄のような声だった。リギアはへたへたとすわりこんだ。

「ヴァレリウスが——ヴァレリウスが——」

「あれはヴァレリウスじゃない」

ナリスはやけつくような目で中空をにらみすえた。それからまた、目を、むざんに落下してつぶれた死骸が石畳を血と脳漿で汚している広場の中央のほうへむけた。人々は悲鳴をあげ、激しい恐怖にかられ、その死体から遠ざかろうと右往左往をはじめていた——まるでそれが恐しい災厄をもたらす、おそるべきゾンビそのものであるとでもいうかのように。あわてて逃げまどうあまり、転んで悲鳴をあげるものも少なからずいた。広場には、さきほどまでの一致団結のかたい勢いにうってかわった、大混乱とパニックの気配が流れはじめていた。

「ロルカ。ロルカは確かめにいったのだな」

ナリスはうしろを見回した。

「ディラン、いるか」

「はい、おそばに」

「ロルカにかわれ。人々に私の声を増幅して伝えるのだ」

「かしこまりました」

ディランは急いでナリスの手をとった。ナリスは声を励ました。

「騒ぐな、パロの人々よ！　見たか。これがキタイの竜王の答えだ。これが、パロをいまやまさに侵略しようとしている、キタイの魔王のしわざなのだぞ！　案ずるな、私がいる！　私がここにいるぞ！」

「ナリスさま！」

人々の絶叫は、ほとんど、溺れかけたものがさいごの木にすがりつくさまにも似ていた。

「ナリスさま！　アル・ジェニウスーッ！」

「ナリスさま」

ふいに、ロルカが空中からあらわれた。ナリスは蒼白な顔をロルカにむけた。

「ヴァレリウスではないな」

だがナリスの声は落ち着いていた。あるいはそう見せかけていただけかもしれなかったのだが。

「はい」

ロルカのいらえをきいた瞬間、しかし、ナリスは全身の力がぬけてそのままくずおれそうになった。

「ヴァレリウスではございませんでした」

「誰だ」

「アルノーでございました」

答えをきくなり、しかしナリスはまた、急に身をたてなおした。一瞬、安堵のあまりうすれかけた気力が戻ってきた。

「アルノーか！」

ナリスは激しくくちびるをかんだ。

「くそ、下らぬこけおどかしを――」

「アルノーは、ナリスさまのご命令で、密使に出たはずでございましたが――中途おそらくは、敵がたにとらえられ……そして……」

「アルノーが密書を持って出たのは……ト、ト、トーラスだ」

ナリスのおもてが、今度は違った緊張にあおざめた。

「ということは……アルノーは帰途にとらわれたとは思えぬ……まだ往復するだけの時間はない。ということはイシュトヴァーンに密書は届いていない……ロルカ。急がねばならぬ。かわりの魔道師をトーラスへ……いや、その前に、おそらく密書も奪われていよう……その密書を……いや、だが……」

瞬間、ナリスはどうしたものかと迷うようにあたりに視線をさまよわせた。それからすぐに、きっぱりとうなづいた。

「いまはこの場を収拾することが第一だ。ロルカ、あとでもっとも有能な魔道師を一人確保してくれ。いいな」

「かしこまりました」

「ヴァレリウスは……生きている……」

吐息のような――

ほとんどナリスにしかきこえないような声だった。ナリスはそっとゾルーガの指輪を握りしめた。

「ロルカ、続きだ。この見世物で人々はかなり怯えてしまっているだろう。続けるぞ……」

ナリスが云おうとしたときだった。

「ナリスさまっ！」

いきなり、ディランが声をあげた。

「ただいま、アルカンドロス広場におきました魔道師から心話でのご報告が。アルカンドロス広場でアルカンドロス大門が開き、マルティニアス聖騎士侯じきじきに率いる聖騎士団三個大隊三千人が広場にむけて出動いたしました！」

「来たかッ」

ナリスはうなづいた。

「聖騎士団が動いたぞ、ルナン！」

「三個大隊でございますな」

ルナンはナリスのかたわらに膝まづいた。

「いよいよでございますか」

「護民騎士団はいてくれるが、パロの無辜の民の血を流したくない。リギア、カレニア衛兵隊をひきいて、アルカンドロス広場にむかってくれるか」

「かしこまりました！」

「マルティニアスは同じ聖騎士侯。私が参りましょう、ナリスさま」

ワリスが手をあげた。

「リギアは、アル・ジェニウスのおそばに」

「そうか。ではワリスに頼む」

ナリスはうなづいた。

「私の騎士団も率いて参ってよろしゅうございますか。カレニア衛兵隊も全隊を動かしてしまうとランズベール城の守りが心もとなくなります」

「ルナン騎士団も連れてゆくがいい、ワリス」

とルナン。

「わかった。では伝令だ。ワリス騎士団全員、ルナン騎士団、それにカレニア衛兵隊を一個大隊、これで二千にはなるな？　それでただちに、ランズベール大橋をわたり、そのまま東上してヤヌス大橋からアルカンドロス広場へむかえ。すでに近衛騎士団がヤヌス大橋をかためているかもしれぬ。その場合にはアルカンドロス広場の民衆たちの退路がたたれる。ヤヌス大橋を確保し、民衆の退路を守ってやってくれ。いかな聖騎士団といえども、武器をもたぬわが国の民衆をいきなり無慈悲に虐殺すればすべての国民を敵にまわす。どういう対応にでるか、充分に注意しながらいってくれ、ワリス」

「かしこまりました！」

「副将についていってくれ、リーズ」

「心得ました」

ただちに激しい動きがはじまる。ナリスはあらためてロルカに合図し、広場のほうに向き直った。

「パロの人々よ、愚かにして暴虐なる、キタイにのっとられた国王はついにわれわれパロの国民に聖騎士団をさしむけたぞ！」

ナリスの声をきくなり、ランズベール広場をうめつくした人々の口から怒号とも悲鳴ともつかぬ声があがった。

「案ずるな、パロの人々よ――私がいる。私がここにいる。私がこれからキタイの手先となった国王にかわり、パロの守護神となるぞ！　私はただちにいくさの体制に入る。パロの自由と独立をとりもどすためのいくさだ。ともに戦ってくれるものは、これよりただちに武器の支給をうけ、市民義勇軍としてわが軍に参加せよ。そうでないものは、同胞を支援するためにアルカンドロス広場へ急げ！　急げ、パロの人々よ――危機はいままさにここにあるぞ！」

「おおッ！」

「われわれは、パロを守るために戦うぞ！」

ランを筆頭に――

男たちの声がふたたびランズベール広場をゆるがした。ナリスは還御の太鼓をうたせる合図をした。ただちにうちならされる太鼓のなか、またふたたび、「聖王アルド・ナリス陛下万歳！」の悲鳴に近い歓呼が広場をどよもした。

「急いでくれ、カイ。少しくらい乱暴でもかまわぬ。車椅子はどうでもいい、とりあえず私だけ、司令室へ。リュイス、ルナン、リギア、ほかのものも、急いで塔へ」

「かしこまりました！」

「ナリスさま」

屈強の騎士たちにかかえあげられて、そのままランズベール大門からランズベール塔のなかへと運びこまれるナリスのかたわらについて走りながら、ロルカが叫んだ。

「何やら、アルカンドロス広場の情勢が不穏です。案じられますので、ちょっと見てまいります」

「気をつけろ。なるべく早く戻ってくれ」

ナリスは叫んだ。ロルカはうなづいて、消えた。

そのころ——

アルカンドロス広場は、すでにして大混乱というよりも、混沌のそのきわみに達しつつあったのだった。

「わああーっ！　わあーっ！」

「助けてくれ、助けてくれ」

「まさか……俺たちを、パロの国民を殺すなんて……」

悲鳴をあげて逃げまどう人々のまっただなかに、かけ入ってきたマルティニアスひきいる聖騎士団は、完全武装していた。面頬をひきおろし、その顔も見分けがつかぬ。手に斧つきの槍をかるがるともち、馬上からふりまわしながら、広場を埋めた人々を追い散らしてゆく。だが、あきらかにその一糸乱れぬ行動の意図は、アルカンドロス広場からすべての群衆を追い払うことであった。

「助けてーッ。助けてーッ」

「押すな、押すな、危ない！」

「ふみとどまるんだ。戦え、パロを守るんだ！」

だが――ランたち、このようなときには群衆のリーダーとしてふるまうべきものたちはみな、ナリスのもとに義勇軍となるべくランズベール広場にいっていたから、アルカンドロス広場を埋めていたのはどちらかというと、烏合の衆のほうに近かった。それにこちらなら、護民騎士団が守ってくれる――という、いくぶん甘い考えがあったのも確かである。

アルカンドロス広場にも、落ちてくる魔道師アルノーのむざんな最期のさまは、魔道によってはっきりとうつしだされてはいたが、やはり目のまえでじっさいの光景をみたのではない分、それほどの衝撃はなかった。そしてナリスの演説とその後の命令は、魔道師たちが中継をやめてしまったので、途中でとぎれ、アルカンドロス広場を埋めた人々は、なんとなくしりきれとんぼな気分のままにざわざわとしていたのだった。

そこに、大門が開いたのだ。

あらわれてきた、銀色に輝く聖騎士団のよろいかぶとをみた瞬間、人々は思わず声をあげた。それはつねひごろなら、パロの人々をこそ守ってくれる、最大の守護神、もっとも頼もしいパロの英雄であった。それが、まさか、おのれらにむけられるとは思いもつかなかったのだ。聖騎士団がパロの人々に刃をむけるときは、まさしくパロの人々としては、パロという国家そのものの体制が崩壊するときだとさえいっていいほど、人々は聖騎士団を敬愛し、頼り、そして崇拝していたのである。

(まさか……)

(まさか、おどしだけだ……そのはずだ)

(聖騎士団は……われらの聖騎士様たちは……まさかパロの民たるわれらに刃をむけるなどということはなさらない……)

不安にざわざわする人々をあざけるように、先頭にたつマルティニアスの口から激しい命令が下された。

「よし、追い散らせ！　アルカンドロス広場から愚民どもを追い出すんだ」

「はッ！」

命令一下、ただちに聖騎士団は四列に一糸乱れぬ隊列を組んだまま、群衆のなかに突入してきたのだ。

だが、その突入をみれば、それが殺戮を目的としたものか、それとも追い散らすのを目的としたものかはわかる。人々は、やはり聖騎士団がさすがにかれらを虐殺するためにつかわされたのではない、と知って安堵した。だが、目のまえでふりまわされる槍と剣の威嚇的な輝きには、さすがにあらがうことができなかった。

「下がれ。パロの人々、下がるんだ」

護民騎士団の長官のロイスはこのようすをみてただちに部下たちに指示を下した。そして、人々をうしろにさげ、かわって護民騎士団があえて人々の楯となって聖騎士団のまえに出るよう、このときをじっと待っていた部下たちを動かした。聖騎士団はパロの騎士団の精髄ではあるけれども、護民騎士団にもまた、（民を守る……）という激しい誇りがある。少しもおそれることなく、護民騎士団の勇士たちが聖騎士団のまえに人々を守るべく入れ替わってゆくのをみて、民衆は喝采した。それへロイスは声をはりあげた。

「ここは危険だ。ここは危ない。ヤヌス大橋から、少しづつアルカンドロス広場を撤退しろ、みな！　でないと、ここはゆきどまり状態だ。とりこめられて、全員逮捕されるぞ。少しづつ、撤退しろ、ヤヌス大橋をとめられたらおしまいだぞ！」

それをきくと、人々はあわててヤヌス大橋をめざして後退しはじめた。聖騎士団は明らかに、人々をアルカンドロス広場から追い出すことを命令されてきたようで、撤退の邪魔はしようとしなかった。護民騎士団はいざとなればただちに聖騎士団にたちむかえるよう、剣のつかに手をかけた状態で騎乗したまま、人々とのあいだに壁をつくるようまわりこんだが、そのなかにはぐずぐずしているものもいて、パニックにおちいって逃げまどったりするので、それを排除して自分たちのうしろにおいやったりするのに手がかかった。しかし要領のいいものは、すばやく護民騎士団が作ってくれた壁のうしろに逃げこみ、そしてヤヌス大橋をめざしてアルカンドロス広場からの細い——といっても、じっさいには非常に幅のある、騎乗の騎士が十列で横に並んで通れるような大通りだったのではあるが——ヤヌス大路を大橋のほうへすすみはじめていた。

「ナリスさまのために！」

誰いうともなく、人々の口からその叫びがあがりはじめていた。

「ランズベール城へむかえ！」

「ランズベール城へむかえ——！」

その叫びもろとも、ヤヌス大路をさかのぼっていた——

その先頭にたっていたものが、突然、足をとめた。

うしろのものたちは、むろんわけがわかろうはずもなく、そのまま押しまくりつづけた。

「止れ。わあッ、とまってくれ」

先頭の一団から悲鳴のような声がもれた——だが、うしろのほうにはとどかなかった。

「押すな」

「押すなというのにッ、危ないッ」

「すすめ、進むんだ、ランズベール城へ急げ……」

「ナリスさまのもとで戦うんだ……」

その、怒号を圧して――

「あれは、なんだ――！」

さいぜん、ランズベール広場を埋めていた群衆の口からほとばしったのと、まったく同じ――だが、恐怖の度合いはまるきり違う悲鳴が人々の口からほとばしった――

「なんだ、あれは！」

誰も見たことのない、パロではついぞ知られていなかった、おどろくべき一軍がそこにいた――

首から上にたかだかとそびえているのは、人間の頭ではなかった！　それは、緑色の竜のかぶりものをつけているのか、それとも本当に竜の頭をもつ怪物なのか、見分けさえつかぬほどに、がっしりと肩からそびえていた。緑の竜の頭をもち、そしていずれもおそろしく体格のいい、うろこ状の見慣れぬ鎧をつけ、長いマントをひき、そして馬にまたがって手にさきの三つに割れたさすまたや、斧つきの槍を手にした不吉な騎士たちの一団のすがた――

「なんだ、あれは！」

ふたたび、人々の口から悲鳴があがったときだった。

先頭にたつ、竜の頭の騎士の手がさっとあがり、そしてその手に握られた剣がふりおろされた。

その、刹那であった！

「ウアアアアーッ！」

「た、助け……助けてくれ！」

「化け物だ。化け物に殺される」

「こいつら……やる気だぁぁッ！」

先頭に押出されてしまったものたちの悲鳴を、どどどど——と駆出す竜頭の騎士たちの馬のひずめのたてる轟音がかき消した。竜頭のぶきみな緑色の騎士たちは、その数およそ二百騎もいただろうか——だが、それは、巨大な図体とぶきみな頭のせいもあって、一千人もいるようにさえみえた。うしろのほうの群衆には、前のほうでおこっているパニックを理解するすべもなかった。ぐいぐいとおしよせてくる民衆を、ヤヌス大橋の入口に陣取った竜頭の騎士たちは、苦もなく、冷静に、そしてきわめて非人間的に虐殺を開始したのだった！

「ワアアーッ！」

「助けてくれ、殺される！」

「押さないでくれ、押さないで！」

「逃げろ。逃げるんだぁぁ！」

絶叫と悲鳴と怒号——

竜頭の騎士の斧が宙に舞うとパロの民衆の首が宙に舞上がり、血をしぶかせながらヤヌス大路に激突した。悲鳴をあげて逃げようとするその背中にさすまたがつきささり、おそるべき力でからだごと持上げて血のふきでる死体を同胞の上に投げ散らした。その死体の下敷になって倒れるものを馬のひづめがふみにじる。

一瞬にして、そこはおそるべき大虐殺の場と化した！

「長官！　ロイス長官！」

その知らせをきくなり、ロイス護民長官は茫然となった。

「なんだと……竜の頭をした見慣れぬ騎士団だと……？」

ロイスはくらつぼにのびあがり、目をこらした。はるか彼方の広場からつづく大路の先のほうで、確かに何か、土けむりのようなものがさかんにあがり、叫喚と怒号がかすかにきこえ——目をこらすと、かすかに、確かに異様に巨大な異形のすがたが見えるような気はするが、ここからでは、よく見えぬ。

「おのれ、それこそナリスさまのいわれたキタイの謀略の尖兵に違いない！　ゆくぞ、護民騎士団！　パロの民を守るんだ！」

ロイスの命令一下、ただちに護民騎士団は突撃しようと鞭をあげた——

そのときだった。

「長官！　聖騎士団が、われわれの前にまわりこんできます！」

伝令が悲鳴のような声で報告を絶叫した。だがいわれるまでもなかった。これはいやというほど見慣れた銀色のよろいかぶとが、銀色の流れとなって、護民騎士団のゆくてをふさぐように、民衆と護民騎士団のあいだに入り込んできたのだ。

「なんていうことだ……」

ロイスは唖然となった。

「聖騎士団が——こともあろうに聖騎士団が、パロの民が虐殺されるのに手をかそうとは！　みずから手を下したも同じではないか！」

ロイスの顔が真っ赤にそまり、激怒に火をふいた。

「許せぬ！　われら護民騎士団の名誉にかけて、パロの民を守れ、守るのだ！」

「はーッ！」

「進撃！」

ロイスの手の鞭があがり、ふりおろされる。護民騎士団は勇敢に隊列をくんで、ヤヌス大橋方向へ突進しようとこころみた。その前にまわりこんだ聖騎士団が、てこでも動かぬかまえをみせてゆくてをさえぎった。

「うて！」

ついに、ロイスの口から、悲痛な命令がほとばしった。相手はこれまで、おのが英雄とあがめていた同胞、パロの守護神とみなしていた聖騎士団である。

「うて！　突破しろ。何があってもパロの民を見殺しにするな！」

彼方であがる砂ほこりのようなものはもはや血けむりとしか思えぬ真紅をおびはじめている。

悲鳴とうめき声、怒号と絶叫はいよいよたかまり、そしてそこでおこっているおそるべき惨事を伝えてくる。ロイスの命令のもと、護民騎士団の弓兵部隊が前に出て、断腸の思いの弓をひきしぼる。

「射て！」

再度の命令のもと、いっせいにはなたれた矢はしかし、さっとかざされた聖騎士団の銀色の楯にそらされ、はねかえされた。もともとこれだけの至近距離での向合いとなると、弓兵戦にはさほどの意味はない。その上、聖騎士団のように訓練された部隊となると、楯をさっと組んで、たちまちのうちに矢をそらす体制に入れてしまう。これはただのおどしのようなものだった。

「長官ッ！」

必死にくぐりぬけてきたのだろう、伝令が悲痛な声をふりしぼった。

「大変です。竜の頭の騎士たちが、一般市民を誰彼の別なく虐殺しまくっています！　大橋の向うにつめかけていて、このようすをみてあわてて家族を友を救いにかけこんできたものや女たちまで、容赦なく切り殺し、叩き殺しています！　ヤヌス大橋は向こう側もこちら側もすべてきゃつらによって占拠されております！」

「ヤヌスよ！」

ロイスは思わずヤヌスの印を切った。

「パロを守り給え！　なぜわが愛するパロがそんな怪物どもに踏みにじられるようなことをヤヌスがお許しになるのだ！　ナリスさまに――誰か、ナリスさまに伝令を！　援軍をお願いするんだ。援軍を！」

「なんとか……いってまいりますッ！」

それもまた決死の覚悟――アルカンドロス広場からランズベール城へゆくには、ヤヌス大橋をぬけて大回りするか、それともネルバ城の門をぬけて宮廷のなかをぬけねばならぬ。そちらもすでに近衛騎士団にしっかりと固められているだろう。

「神よ――なぜこんな運命をパロにお与えになったのですか！」

ロイスは思わず呻いた。やわらかな灰色にくもった空のもと、虐殺されるパロの人々の苦悶と血のにおいとはしだいにクリスタルをおおいつくそうとしていた。

あとがき

お待たせしました。「グイン・サーガ」第七二巻『パロの苦悶』をお届けします。

前巻『嵐のルノリア』は、タイトルが決まるまでになんとなく難航したのですが、この『パロの苦悶』は書きはじめる最初から実にすんなりと決まっていて「これでいいんだろうか」と、逆にあまり簡単に決まりすぎたので悩んでしまったくらいでした。というか、私がタイトルをつけるときに、先にタイトルが出てきてどうにも動かせない、このタイトルにひきずられるようにして話のほうがそっちにいってしまうようなときと、逆にあとからあれこれ思い悩んでタイトルを無理くりひねりだすようなときと完全に二通りあるようで、どっちがいいタイトルが出るとはいいきれないのですが、何か自分のなかにはっきりしたイメージがあるときには、タイトルがすっと先行してくるようです。

グインではありませんがこの六月出版の、大導寺シリーズの第五巻『死者たちの謝肉祭』というのはなんだかもうえらい手間どったタイトルで、何回考えてもピンとくるのがなくすごく苦戦しました。最終的にも完全にピンと来きった（笑）わけではなくて、「なんかもっといいタイトルがあったんじゃないか」とずっと考えてしまうという感じです。最初にイメージしていたのが「星空の林檎」というおよそかけはなれたタイトルだったのが、内容が書かれてゆくにしたがって「これはあわないかな」と思って変えた、というのがなにだったのかもしれません。逆に「これしかない」というかたちで先にタイトルありきだったのは、『総司地獄変』で、これは「夢幻戦記」の第一、二巻のタイトルですが、「夢幻戦記」という通しタイトルより何年も早く、「沖田総司を書こう」と考えた時点でこの『総司地獄変』だけ決まっていて、何年も寝かされていたタイトルでした。そういうタイトルをようやく本当に使えることになるとなんとなく胸がワクワクしたりします。そして「やっとこのタイトルを世に出してやれた」とか「やっとこのタイトルにカラダを与えてやれた」と思います。どうやら私にとってタイトルというのは顔で、なかみというのはカラダに該当しているらしい（笑）。

『嵐のルノリア』は花が入るタイトルということで、なんとなくためらったのですが、はるかはるか昔私がまだ小学生だったころに、武部本一郎画伯の挿絵にホレて少女小説に夢中だった当時、すごく好きだった「嵐の白ばと」という、ロシア革命かなんかにまきこまれた可憐な少女の話というのがありまして、それが子供心に「なかなかええタイトルやなあ」と思ったんでしょうね。嵐のなかを必死に飛ぶ健気な可憐な白鳩、というイメージがすぐ伝わってくるという感じがあったもんで、いまに一回「嵐のなんとか」というのをやってみたい、いや「嵐の金曜日」とかはカラオケで私はたまに歌ったりしますが（爆）まあそういう、

「嵐の前のなんとか」というニュアンスが欲しいなという、それでまあ、嵐のルノリアになったわけですが、ルノリアってのはお読みになったかたはおわかりのとおり真紅のケバい花で、それが嵐に吹かれてるってとこはなんか、嵐の白鳩という可憐さとはずいぶん違います。

まあでも、だからこれは「嵐の白ばと」という先行タイトルがあったわけなのですが、『パロの苦悶』というのはたいへんにストレートなタイトルで、迷ったのは「ちょっとストレートすぎるかしらん」ということでした。でも最終的に「これっきゃないしなあ」ということでこれに決まってしまいました。本当は、あんまり地名人名がタイトルに入ってるのは、なかみを限定してしまう感じがして、もうちょっと抽象的なんだけどイメージとよく結びついている、というようなタイトルが好きなんですけどね。

毎度お馴染みの「天狼パティオ」では、恒例の最大の名物になっている「グイン・サーガタイトルあてクイズ」というのがあって、四九巻だったかからはじめてこれはあたらず、五〇巻で初代チャンピオンが誕生してから、すでに七二巻までやっていますから二十三人のタイトルあてチャンピオン（これをタイトルちゃんぷと称していますが）が生まれたわけです。が、その中で二人の女性のかたが、それぞれ三回づつタイトルを的中させておられまして、これは必ずしもグインのタイトルだけではなく、『レクイエム・イン・ブルー』だの、「大導寺」だのも含めての話ではあるのですが、私のことばの並びの好みやクセにいったんシンクロされたかたは、おあてになりやすくなるんでしょうね。私はクイズ番組を長いことやってたくらいで（笑）あてものは出題者になるのもあてるのもけっこう好きなので、ヒント出しなど楽しんでやっております。一番長くて十日間、最短は〇秒（爆）という、クイズ開始と同時にあたって終了（これは『豹頭王の誕生』『ゴーラの僭王』など、あらかじめ予告されてたタイトルを開始と同時にアップされるかたがおられるからですが）のときもあったりして、これもまあタイトルをつけるときの楽しい付録みたいなものですね。

タイトルをつけるのはとても好きです。基本のパターンは『＊＊の＊＊』が私はグインに限らず圧倒的に多いのですが、それをまた自分でくつがえすのが楽しくもあり、いつどうやってくつがえそうかとそこまで疑ったり――グインで自分で好きなタイトルは『獅子の星座』とか『炎のアルセイス』とかなのですが、どうやら四百冊をこえたらしい私のすべての本のなかでも好きなタイトルというと、やはり『仮面舞踏会』とか、あと『ネフェルティティの微笑』なんてのも好きですね。先日文庫が出たストーカーもの『あなたとワルツを踊りたい』なんてのは、私としてはおおいに凝ったタイトルだったのですが……。

それはそうとちょっと宣伝ですが、長年の宿願をかなえて、この二〇〇〇年の六月末から七月三日まで、お馴染みのシアターVアカサカでついに『キャバレー』を舞台化します。ミュージカルではなく、プレイ・ウィズ・ソングスというおもむきでやりたいなと考えています。これはもう、何年もずっとやろうと思ってきたもので、角川春樹監督で映画化されて以来ずっと「自分で舞台にしたい」と思っていたので、やっとできてとても幸せです。メンツもいま私が最も信頼する役者さんたちばかりの非常にフレッシュなメンバーになっています。よろしかったらぜひごらんになってみて下さい。チラシは去年の十月と同じく鹿乃しうこさんが涙の出るほどカッコいい男群像を描いて下さいました。この『キャバレー』のタイトルは、浅川マキの、ラングストン・ヒューズの詩を曲にした「キャバレー」からとったものですが、これがピアノが山下洋輔でこれまた死ぬほどカッコいいんですね。浅川マキのくらぁーいけだるいヴォーカルとぴったりあって、私にとっては永遠のベストナンバーのひとつです。そういえばこのところ、タイトルにしたいほど好きになった曲がしばらくありません。いっときは必ずBGMも書きとめていたし、曲名がタイトルになっている作品だけで短篇集を作った『天国への階段』なんてのもあるくらいで、テーマ曲を決めるのに凝っていたものですが、このところあまり短篇を書かなくなったし、単発もシリーズものばかりになってしまったので、そういう意味ではちと淋しいです。まあ出版界もかなりひどい構造不況が固定化してしまったみたいで、シリーズものさえ、売れ行きの思わしくないものはけっこう出版社さんが出したがりませんで、グインという葵のご紋つきのインロウを持っている私でさえ、それ以外に関してはこのさきどうなるんかなーというような気がしたりするんですが、毎回毎回シリーズものばかり書いていると新しい設定とか、キャラにめぐりあえなくなってしまうので、なんとかもっと景気がよくなって本が売れてほしいもんだなと思ったりします。ミステリーの単発だの、SFだの、時代ものだの、御要望はいろいろといただくのですが、最近はなかなか出版社が書かせてくれませんね（爆）なんてちょっと愚痴になってしまいました（笑）。

ということで、恒例の読者プレゼントは高橋香織様、阿部多江子様、佐藤結様の三名様に決めさせていただきました。
いよいよ四分の三をめざして爆走する――といっても、本当に一〇〇巻で無事終わる見込ってのは話の展開からみてまずなくなってきたようで、皆様から「早くあきらめていさぎよく『全二百巻宣言』をしろ」と迫られておりますが（爆）とりあえずは当面の目標一〇〇巻のハードルをクリアしてからってことで、ま、一〇〇巻目のタイトルが『豹頭王の花嫁』になる可能性は〇コンマ何パーセントにさがったとは思いますが（大爆）とりあえずパロの内乱さわぎが終熄するまで突っ走りたいと思います。それではまた次巻でお目にかかりましょう。

二〇〇〇年四月六日

栗本薫の作品

心《しん》中《じゅう》天《てんの》浦《うら》島《しま》

テオは17歳、アリスは5歳。異様な状況がもたらす悲恋の物語を描いた表題作他六篇収録

セイレーン

歌と美貌で人々を狂気に駆りたてる歌手。未来へと続く魔女伝説を描く表題作他一篇収録

滅びの風

平和で幸福な生活。そこにいつのまにか忍びよる「静かな滅び」を描く表題作他四篇収録

さらしなにっき

他愛ない想い出話だったはずが……少年時代の記憶に潜む恐怖を描いた表題作他七篇収録

ハヤカワ文庫

栗本薫の作品

ゲルニカ1984年

「戦争はもうはじまっている！」おそるべき感性で、隠された恐怖を描き出した問題長篇

レダ〔I〕

ファー・イースト30。すべての人間が尊重される理想社会で、少年イヴはレダに出会った

レダ〔II〕

完全であるはずの理想社会のシティ・システムだが、少しずつその矛盾を露呈しはじめる

レダ〔III〕

イヴは自己に目覚め、歩きはじめる。少年の成長と人類のあり方を描いた未来SF問題作

ハヤカワ文庫

日本ＳＦの話題作

ＯＫＡＧＥ
梶尾真治
ある日突然、子供たちが家族の前から姿を消しはじめた……。梶尾真治入魂の傑作ホラー

東京開化えれきのからくり
草上　仁
時は架空の明治維新。文明開化にゆれる東京を舞台に、軽快な語り口がさえる奇想活劇！

雨の檻
菅　浩江
雨の風景しか映し出さない宇宙船の部屋に閉じこめられた少女の運命は——全七篇収録。

邪神帝国
朝松　健
ナチスドイツの勢力拡大の蔭に潜む大いなる闇の力とは!?　恐怖の魔術的連作七篇を収録

王の眠る丘
牧野　修
村を滅ぼした神皇を倒せ！　少年の成長と戦いを、瑞々しい筆致で描く異世界ロマネスク

著者略歴　早稲田大学文学部卒
作家　著書『さらしなにっき』
『あなたとワルツを踊りたい』
『豹頭王の誕生』『嵐のルノリア』（以上早川書房刊）他多数

HM = Hayakawa Mystery
SF = Science Fiction
JA = Japanese Author
NV = Novel
NF = Nonfiction
FT = Fantasy

グイン・サーガ⑫

パロの苦悶《くもん》

〈JA638〉

二〇〇〇年五月十日　印刷
二〇〇〇年五月十五日　発行

（定価はカバーに表示してあります）

著者　栗《くり》本《もと》薫《かおる》
発行者　早川浩
印刷者　大柴正明
発行所　株式会社早川書房
郵便番号　一〇一 - 〇〇四六
東京都千代田区神田多町二ノ二
電話　〇三-三二五二-三一一一（大代表）
振替　〇〇一六〇-三-四七七九九

乱丁・落丁本は小社制作部宛お送り下さい。
送料小社負担にてお取りかえいたします。

印刷・株式会社亨有堂印刷所　製本・大口製本印刷株式会社

ISBN4-15-030638-9 C0193